KB001414

시로 만든 집 14채

시로 만든 집 14채

김성장 지음

창비교육

머리말

약간은 들뜬 기분으로 전국을 돌아다녔다. 문학관 기행 글들이야 무수하지만, 내가 직접 돌아보면서 나의 글로 책을 엮기로 하고 떠난 길은 처음이었으니 어찌 흥분이 없었겠나.

목적지를 찾아가는 과정 자체가 중요한 정보나 감상의 대상이 되지 못하는 유비쿼터스의 시대! 스마트폰으로 모든 정보를 제공 받으며 다니는 기행은 그 자체로 새로운 경험이었다. 기차와 버스, 전철, 심지어 택시 호출 방법까지 어디로 어떻게 가고 시간이 얼마나 걸리는지, 어디 가서 무엇을 먹고 어디서 잠을 자면 좋은지, 거의 무한대의 정보를 손에 쥐고 다닌다는 것. 이것이 기행의 맛을 감소시킨 것인지 증가시킨 것인지는 단정할 수 없지만 이제 정보를 얻기 위해 어딘가 전화를 걸고 길가의 사람들에게 묻고 책을 들춰 보는 시대는 가 버렸다. 시와 시인에 관한 정보 또한 마찬가지다. 블로그와 SNS에 시인과 시에 대한 이야기가 차고 넘친다. 국회 도서관 홈페이지에 들어가 뷰어를 내려받으면 전문가들의 최신 논문을 바로 열람할 수 있다.

그런데도 우리가 어딘가를 가는 것은 아마도 온몸으로 무언가를 느끼고 싶어 하는 갈망 때문일 것이다. 어느 장소에 가고 오는 과정의 느낌, 도착지에서의 감흥과 상념을 스마트폰이 내신해 주지는 않으니까 말이다. 정보는 산과 들과 거리가 주는 풍경의 냄새와 바람을 내 몸에 닿게 하지는 못한다. 낯선 풍경 속에 자신을 던지고자 집을 나서는 순간의 설렘, 잠시 일상 밖으로 떠나는 자유로움, 그것이 기행의 맛이리라. 일상과 전혀 다른 공간, 새로운 풍광 속에서 우리는 다른 상념과 사유의 세계로 넘어갈 수 있다.

내가 찾아간 시인들은 모두 과거의 사람이다. 그들은 대체로 언어의 식민 시대를 살았거나 그 시기를 거쳐 왔다. 내가 교직에 있으면서 아이들에게 가르쳤던 시와 시인 들이고, 나 또한 학생 시절부터 그 시와 시인 들에 대해 배웠다. 그들은 모두 죽었으므로 더는 새로운 시를 쓰지 못한다. 그러니 그 시인들과 시에 대한 이야기는 과거를 가지고 현재를 좀 더 꼼꼼히 보려는 것, 지금 여기 우리들의 이야기이다. 나는 그들의 이야기를 나의 시대와 연결 지으려 했고, 나의 삶 속에서 어떻게 이어지고 있는지 살펴보고자 했다. 나는 전문 연구가의 자세가 아니라 이 시대를 사는 평범한 생활인의 발걸음으로 다가가고자 했다. 그 어떤 시도 지금 이 시대와, 이 시대를 살고 있는 나와 우리의 실존을 확인하는 재료가 되지 못한다면 아무 의미가 없을 것이다.

글을 꼼꼼히 읽고 교정을 보아 준 편집자가 글의 성격상 에세이에 가깝다고 말해 주었을 때 참 좋았다. 깊은 철학과 사유가 담긴 글, 그러면서도 문학적 감성과 상상력의 힘을 잃지 않는 글이 에세이라 생각하는데 내가 생활인으로서의 눈매를 갈고닦아 그런 글을 쓸 수 있는 날이 오길 기대해 본다.

글이 출판에 앞서 지역 신문에 연재되는 동안 옥천의 조만희, 김명회 님, 공주의 최은숙 시인을 비롯한 몇몇 지인들의 격려와 기대가 나를 들뜨게 하였다.

기행은 대부분 혼자였으나 때로 동행이 있었다. 함께 하면 재미있고 혼자 가면 고적했다. 혼자 가면 생각에 잠겨 나의 주관 속으로 더 빠져들고 함께 가면 대화 속에서 생각들이 섞이고 확대되는 자극이 있어 좋았다.

오늘도 글을 읽고 글씨를 쓰고 글을 쓴다.

책이 나오면 다시 내 책을 들고 두 번째 사유의 기행을 떠나야겠다.

2018년 여름

김성장

차례

1

열린 하늘이 보이는 윤동주의 집

죽는 날까지
하늘을 우러러
한점
부끄럼이
없기를
잎새에 이는
바람에도
나는
괴로워했다.

윤동주 序詩
나무붓

초봄의 햇살이 따사롭다. 서울시 종로구 청운동의 윤동주 문학관 앞. 부근의 윤동주 기념관을 거쳐 막 도착했다. 창의문로의 외곽 풍경이 가까이 펼쳐진다. 윤동주 문학관을 기행하기로 했을 때 가장 먼저 떠오른 시는 「서시」였다. 국어 교사로 살면서 아이들에게 수없이 가르쳐 왔고, 해마다 새롭게 아이들을 만날 때면 처음 암송해 보는 시로 「서시」를 꺼냈기 때문이다. 종이 울리고 교실 문에 들어설 때면 나는 늘 "서, 시! 윤, 동, 주!"라고 외치며 잠시 문 앞에 서서 아이들의 목소리를 듣곤 했다.

> 죽는 날까지 하늘을 우러러
> 한 점 부끄럼이 없기를,
> 잎새에 이는 바람에도
> 나는 괴로워했다.
> 별을 노래하는 마음으로
> 모든 죽어 가는 것을 사랑해야지
> 그리고 나한테 주어진 길을
> 걸어가야겠다.
>
> 오늘 밤에도 별이 바람에 스치운다.
>
> —「서시」 전문

왜 윤동주의 「서시」였을까. 단지 시의 길이가 짧고 쓰인 낱말이 쉬워서만은 아닐 것이다. 교사 생활을 하면서 겪은 이런저런 갈등과 고통이 한 이유가 되었을지도 모르겠다. 「서시」는 우울한 날 혼자 읊조리며 자신을 다독거리기에 좋았으니까. 꼭 그러한 이유가 아니더라도 「서시」는 나에게 무결점의 시로 다가왔다. 그리고 언제부턴가 아이들에게 암송하게 할 첫 시로 내 마음속에 자리하고 있었다. 내면을 향한 고요한 성찰과 다짐, 청춘의 우울과 쓸쓸함이 담긴 시어, 어둠이 스쳐 간 시대의 뒷모습, 이런 것들이 이 시의 아프지만 단단한 힘이라고 할 것이다.

:

윤동주는 북간도 명동촌의 기독교 집안에서 태어났다. 할아버지는 함경도에서 만주로 이주하여 개척과 교육에 헌신한 분이었고, 아버지는 교원이었다. 경제적으로 어려움은 없는 가정이었다. 용정에서 어린 시절을 보냈고 용정의 은진 중학교를 다니다가 평양의 숭실 중학교로 편입하였지만 졸업은 용정의 광명 중학교에서 하게 되었다. 그 후 연희 전문학교를 졸업한 뒤 일본으로 건너가 릿쿄 대학교 영문과에 입학했다가 도시샤 대학교로 편입했다. 그리고 1943년 귀향길에 오르기 직전 독립운동 혐의로 검거되어 2년 형을 선고받고 후쿠오카 형무소에 수감 중 해방을 몇 달 앞두고 사망한다.

윤동주는 연희 전문학교를 졸업하던 해에 자선 시집을

내려 했으나 뜻을 이루지 못하고 자필본 세 부만을 남겼다. 그중 한 부는 자신이 갖고, 한 부는 영문과 교수 이양하에게, 한 부는 함께 하숙하던 후배 정병욱에게 주었다. 1948년 정음사에서 출간된 그의 유고 시집 『하늘과 바람과 별과 시』는 정병욱이 고향 집에 보관하고 있던 자필본이 해방 뒤 빛을 보게 된 것이다.

한국 문학은 그를 '순결한 청년 시인'으로 기록하곤 한다. 민족적 저항 시인으로도 일컬어지지만 그의 시는 저항을 외부로 향하기보다 처절한 자기 성찰의 언어로 채움으로써 읽는 이로 하여금 눈을 감고 내면을 응시하게 한다. 그는 숭실 중학교 시절 신사 참배를 거부하여 자퇴했지만 독립운동에 실천적으로 참여한 행동가는 아니었다. 그는 다만 자신에게 진솔했던 시인이었다. 순결한 영혼의 시인으로서 수도자 같은 심성으로 살다가 짧은 생을 마감한 그의 삶과 문학은 청교도적인 집안 분위기와 결합한 휴머니즘이라고 이야기되기도 한다. 그가 남긴 시가 일제에 맞선 무장 투쟁의 흔적보다 더 오래, 더 널리 살아남는 이유는 무엇일까.

연세 대학교 안에 있는 윤동주 기념관은 윤동주가 연희 전문학교에 다니는 동안 생활하던 기숙사 건물이다. 2004년에 개관한 뒤 2007년 연세 대학교 설립 115주년에 기존 기념실을 새로 구성하여 재개관했다. 현재는 건물 대부분을 대학 법인 사무처로 쓰고 있고 2층에 윤동주 기념실을 마련해 두었다. 기념실은 아담하고 깔끔했다. 모자에 주름 하나 지는 것조차 불편해했다는 윤동주의 성격이 그러했을까. 좁은 공간에 윤동주와 관련된 자료들을 촘촘히 배치

하여 그의 시와 삶을 더듬어 볼 수 있게 했다. 공간을 변형 시키지 않고 직사각형의 실내 가운데에 유리관을 설치하고 유품과 자료들을 가공 없이 배치해 놓았다.

육필 원고, 사진, 학적부 원본, 주변 사람들의 증언, 생전에 출판되지 못한 시집, 명동촌 생가의 기와 등등. 홀로 기념실을 둘러보는 시간은 호젓했다. 한 시간 정도 둘러보는 동안 한 사람만 더 들렀을 뿐이다. 사진에서 읽히는 윤동주의 표정은 대개 쓸쓸하고 단호해 보였다. 안쪽에서 끓어오르는 무언가를 다독이는 것 같기도 했다. 웃음을 지으려다 만 듯한 표정, 밖으로 나오려는 말을 막고 있는 듯 굳게 다문 입술, 고개가 약간 기울어진 사진들이 그의 내면을 표현하고 있는 것처럼 보였다. 지금 이 시대 어느 시인의 표정에서 이런 분위기를 찾아낼 수 있을까. 기념실에서 읽은 시 「병원」은 그의 쓸쓸한 표정과 겹쳐지면서 더 아릿하게 가슴에 젖어 왔다.

살구나무 그늘로 얼굴을 가리고, 병원 뒤뜰에 누워, 젊은 여자가 흰옷 아래로 하얀 다리를 드러내 놓고 일광욕을 한다. 한나절이 기울도록 가슴을 앓는다는 이 여자를 찾아오는 이, 나비 한 마리도 없다. 슬프지도 않은 살구나무 가지에는 바람조차 없다.

나도 모를 아픔을 오래 참다 처음으로 이곳에 찾아왔다. 그러나 나의 늙은 의사는 젊은이의 병을 모른다. 나한테는 병이 없다고 한다. 이 지나친 시련, 이 지나친 피로, 나는 성내서는 안 된다.

여자는 자리에서 일어나 옷깃을 여미고 화단에서 금잔화 한 포기를 따 가슴에 꽂고 병실 안으로 사라진다. 나는 그 여자의 건강이—아니 내 건강도 속히 회복되기를 바라며 그가 누웠던 자리에 누워 본다.

—「병원」 전문

윤동주는 명동 소학교 시절부터 동시를 썼고 숭실 중학교에 다닐 때 교지에 시를 발표하고 광명 중학교 시절에는 연길에서 발행되던 잡지 『가톨릭 소년』에 모두 다섯 편의 동시를 발표하는 등 일찍이 문학적 소질을 나타냈다. 윤동주는 문과를 선택할 때 의과 진학을 고집한 아버지와 갈등이 있었지만 자신의 의지를 굽히지 않았다. 이로 보아 그는 일찍부터 문학에 대한 간절한 열망을 품고 있었던 것 같다. 일본에서 영문과에 적을 둔 것도 그러한 문학적 지향을 읽을 수 있게 한다. 릿쿄 대학교를 다니다가 도시샤 대학교로 편입한 이유 중의 하나가 동경하는 정지용이 그곳을 다녔기 때문이라는 이야기를 들으면 그가 얼마나 간절히 시인의 삶을 꿈꾸었는지 짐작할 수 있다.

다만 시를 사랑하였을 뿐인 순결한 청년 윤동주는 자신의 이름으로 된 시집 한 권 내지 못한 채 남의 나라 땅에서 숨졌다. 우리는 지금, 언제 어떻게 발표할 수 있을지 알 수 없는 시를 쓰는 시인의 가슴으로 얼마나 깊이 들어가 볼 수 있을까. 오늘 다시 읽어 본 「병원」은 마치 나라 전체가 병들어 버린 현실을 상징하는 것으로 보이기도 한다. 이 시를 한 여인에 대한 사랑으로 읽는다 하더라도 그 사랑은 불가능의 단어들로 가득하다. 찾아오는 이도 없고, 나비 한 마리도 없고, 나는 아픈데 병이 없다는 늙은 의사의 진단을 받아야만 하는 사랑이다. 없는 것이 가득한 사랑이다. 살구나무와 금잔화 한 포기가 그 고립된 사랑에 위로가 될 수 있었을까.

윤동주가 연희 전문학교에 다니며 기숙사에서 생활한 기간은 3년 정도, 스물두 살 때부터 스물네 살 때까지이니 한 인간의 생애 가운데 가장 빛나는 시간을 이 공간에서 산 셈이다. 그때는 식민지 조선의 운명이 나날이 기울어 가고, 일제가 패망하기 직전 발악하듯 한반도를 옥죄던 시절이었다. 인류 역사상 가장 많은 파괴와 학살이 있었다는 제2차 세계 대전이 벌어지던 시기였다. 정지용은 1940년대가 되면서 절필하고 글을 발표하지 않았다. 윤동주가 희미한 불빛 아래 「서시」를 쓰던 때가 바로 1941년이었다.

시가 설 자리가 없던 시절에 시를 쓴 것이다.

윤동주는 만년필로 시를 썼다. 그의 글씨는 그의 눈빛처럼 부드럽고, 원고지의 네모 칸을 벗어난 적이 별로 없는 글자들은 굳게 다문 그의 입술처럼 견결하다. 기념관 앞에는 「서시」를 육필 그대로 옮긴 시비가 있다. 당시 기숙사였던 건물을 나오면 바로 윤동주가 거닐던 그 공간이다. 획 하나하나를 천천히 그어 간 그의 손놀림이 느껴진다. 내가 시비를 바라보며 선 이 자리를 윤동주도 거닐었을 것이다.

:

윤동주 문학관은 윤동주가 연희 전문학교 시절 종로구 누상동의 소설가 김송의 집에서 정병욱과 하숙을 했다는 것을 근거로 종로구에 자리 잡고 있다. 그는 「별 헤는 밤」, 「자화상」, 「쉽게 씌어진 시」 등을 이곳에 사는 동안 썼다. 이 문학관은 단연 현대적 감각을 보여 주는 구조이다. 특히 공간 연출이 아주 뛰어나다. 내가 그동안 다녀 본 문학관은 모두 건물의 구조가 기본적으로 '집'이었다. 그러나 이 건물은 상자 형태다. 한마디로 집이 아니었다. 인왕산

자락에 버려져 있던 상수도 가압장과 두 개의 물탱크를 개조하여 만든 독특한 이력의 건물이다.

이곳에는 사실 복제본 육필 원고 외에는 윤동주 관련 자료가 거의 없다. 자료 대부분은 윤동주 기념관에 있다. 제1 전시실(시인채)에는 윤동주의 생애를 시간 순서에 따라 설명해 놓은 작은 액자들이 벽에 걸려 있고, 중앙에는 용정에서 가져온 목재 우물틀이 설치되었다. 제1 전시실에 이어진 두 개의 공간, 제2 전시실(열린 우물)과 제3 전시실(닫힌 우물)은 건축가의 뛰어난 감각을 맛보게 한다. 원형을 그대로 보존한 두 개의 물탱크 중 하나는 영상실로, 하나는 전시실과 영상실을 잇는 공간으로 만든 것인데, '잇는 공간'의 물탱크는 윗부분을 개방하여 하늘을 볼 수 있게 했다. 그런데 이 공간에 들어서는 순간 묘한 느낌이 온몸을 감싼다. 어딘가에 갇혀 있는 느낌, 벗어날 수 없는 폐쇄의 공간에 놓인 것 같은 느낌이다. 눈을 들어 올려다보면 사각의 하늘이 뚫려 있다. 윤동주의 생애를 생각해 보면 우리는 이것이 윤동주의 시대가 주던 억압과 윤동주가 꿈꾸던 희망의 몽타주라는 것을 이해하게 된다. 더구나 벽에는 시멘트 물탱크의 내부에 오랫동안 쌓인 얼룩이

열린 하늘이 보이는 윤동주의 집

그대로 남아 있어 걸어가는 동안 옷깃에 스친다. 윤동주의 일생과 시 세계를 담은 영상을 감상할 수 있는 제3 전시실은 입구부터가 특이했다. 군데군데 녹슨 철문이 왠지 서늘했다. 안으로 들어서면 물 얼룩이 남아 있는 시멘트 벽 위로 영상을 뿌리는데, 마치 상처 입은 배경에 윤동주의 삶을 보여 주면서 시대의 흔적과 관람자를 대면케 하려는 것 같았다. 집을 오직 생존과 주거의 공간으로만 인식해 온 나에게는 색다른 경험이었다. 건축물 자체를 서정과 서사의 공간으로 만들어 그곳에 들어선 사람의 감성을 자극하고 흔드는 것, 그것이 현대 건축의 힘인가 싶다. 이는 여행지에서 잠깐 맛볼 수 있는 경험일지도 모르지만 그 여운은 오래 남는다. 내가 그동안 다녀 본 몇몇 기념관과 문학관 중에서 신동엽 문학관과 제주 추사관 등에서도 이런 낯선 공간 체험을 맛볼 수 있었다.

건물 뒤로 오르막이 이어지는 언덕은 서울 북서쪽을 감싸고 있는 인왕산 자락인데, 종로구에서는 이곳을 '시인의 언덕'으로 명명했다. 윤동주가 걸으며 내려다보았을 서울의 풍광이 아스라이 펼쳐진다. 많은 사람이 찾아와 겨울과 봄이 겹치는 계절의 따사로운 오후 햇살을 즐기고 있다.

윤동주도 이 시간에 여기 있었을까. 햇살 속의 저 풍광을 바라보며 시를 구상했을까.

:

돌아가야 할 시간이다. 내가 옥천에 살면서 정지용 문학관에 가까워지면서 언젠가 시인들에 관한 글을 쓰고 싶다고 생각했을 때 그 첫 번째 손님을 윤동주로 삼은 것은 그의 시를 가슴에 품은 뜻도 있었지만, 정지용과 그의 친연성 때문이기도 했다. 정지용이 윤동주 시집의 서문을 썼고 서로 도시샤 대학교 동문이라는 것, 도시샤 대학교에 두 시인의 시비가 나란히 세워져 있다는 이유도 있었던 것이다. 그곳에 가 보지는 못했지만 언젠가 기회가 올 것이다. 두 사람의 시 세계는 다르지만 적어도 두 시인은 암울한 시대를 건너오면서 시인의 이름을 더럽히지는 않았다는 게 어떤 위로가 된다. 그들이 죽고 70년의 세월이 흘렀지만, 그 시대의 그늘이 말끔히 지워졌다 하기는 어려우니 어찌 그 이름이 새록하지 않겠는가. 두 시인은 전쟁 참여를 독려하고 일본의 왕을 찬양하면서 살아남아 오래오래 변명을 일삼던 어떤 시인들처럼 구질구질하지 않았다는 것이다.

정지용은 『하늘과 바람과 별과 시』의 서문에서 윤동주의 동생 윤일주와 나눈 이야기를 소개한다.

"무슨 연애 같은 것이나 있었나?"

"하도 말이 없어서 모릅니다."

"술은?"

"먹는 것 못 보았습니다."

"담배는?"

"집에 와서는 어른들 때문에 피우는 것 못 보았습니다."

"인색하진 않았나?"

"누가 달라면 책이나 샤쓰나 거저 줍데다."

"공부는?"

"책을 보다가도 집에서나 남이 원하면 시간까지도 아끼지 않습데다."

"심술(心術)은?"

"순하디 순하였습니다."

윤동주는 독립운동 혐의로 수감된 지 2년 만에, 해방

을 불과 여섯 달 앞두고 죽는다. 일제 강점기에 태어나 일제 강점하에서 죽었으니, 공식적으로 그는 일본의 신민으로 태어나 일본의 신민으로 살다 죽은 것이다. 그러나 그는 모국어를 가장 서정적으로 만든 시인이었다. 발표할 가망도 없는 시를 쓰며 수행자처럼 묵언하는 청춘을 살다가 죽어 간 시인. 그가 지금 살아 있다면 하늘을 우러러 한 점 부끄럼이 없을까. 다시 길을 떠나면서 드는 생각이었다.

2

도봉산 자락 아래 김수영의 집

김수영문학관

金洙暎文學館

풀이 눕는다
바람보다도 더 빨리 눕는다
바람보다도 더 빨리 울고
바람보다 먼저 일어난다

김수영 詩 풀 나무붓

나는 지금 김수영 문학관 2층에 서 있다. 2층 전시실은 좀 엉성한 듯하다. 한쪽에 마련된 책꽂이와 대여섯 개의 의자, 그리고 몇 장의 사진이 공간의 크기에 어울리지 않게 배치되어 있다. 1층의 계획적이고 꼼꼼한 구성에 비하면 2층은 주어진 공간에 자료만 배치한 허술한 느낌이다. 평일 오후, 서울 변두리에 위치한 문학관이 사람들로 붐빌 리야 없겠지만, 내가 문학관에 와서 머문 지 한 시간이 지나도록 단 한 사람의 방문객도 없다는 것을 어떻게 받아들여야 하나. 쓸쓸하다고 해야 하나, 아니면 적요하다고 해야 하나. 이 막막하고 허허로운 느낌은 곡절 많은 김수영의 삶 가운데 어느 장면과 비슷할까. 치질에 걸려 먹는 것조차 가족의 손길에 의지하며 누워 지내는 동안 벽에 대고 시를 썼던 시절의 뒷모습일까. 포로수용소에서 풀려나 찾아간 아내가 자신의 동창과 함께 살고 있다는 사실을 알게 되었을 때의 참담함일까. 문학관에 오는 동안 지하철에 들어서면 시원하고 밖으로 나오면 더운 기가 온몸을 덮치는 이 여름 날씨 탓만은 아니리라. 주말도 아닌 평일에 김수영 문학관을 찾아올 사람이 몇이나 될까마는 관람객이 없는 문학관의 오후는 막막하다기보다 차라리 허공이 가득하다고 하는 편이 맞겠다.

:

김수영 문학관은 도봉산과 북한산 사이, 도봉구에 자리 잡고 있다. 김수영은 종로에서 태어났지만 그의 무덤과 시비, 가족이 살던 본가가 도봉구에 있어 이곳에 세워졌다. 작가들의 운명만큼이나 문학관의 소재지 또한 다양한 이유가 얽혀 있다. 대개는 출생지를 문학관 건립의 가장 큰 근거로 삼는다. 지방 자치가 실시된 이후 지역 홍보 수단의 하나로 각 지방 자치 단체에서 그 지역 출신 유명 문인들의 문학관을 짓는 일이 많아졌는데, 오히려 서울 출신 작가들이 상대적으로 푸대접을 받은 듯하다. '시인들의 시인'이라 일컬어지는 김수영의 문학관이 2013년에야 세워진 것만 봐도 그렇다. 우리가 사랑하는 시인들의 문학관이 모두 세워져야 할 필요는 없겠지만 국민 애송 시인 중 첫째로 꼽히는 김소월의 문학관이 없다는 것도 의외롭다. 경기도 김포시에서 애기봉 평화 생태 공원 조성 사업과 연계하여 김소월 문학관을 지을 계획임을 밝힌 바 있지만, 현재는 평안북도 출신인 김소월의 시비와 흉상이 왕십리에 세워져 있는 정도이다. 시비 제목이 「왕십리」이다.

문학관이 한 작가를 기억하는 독특한 방식의 현장이라고 할 때, 그 건축물의 구조를 눈여겨보면 작가의 무엇을 형상화하려는 의도를 지녔는지 짐작해 볼 수 있다. 허약한 병자로 살아야 했던 청년기, 일본과 만주에서 심취했던 연극 활동, 해방, 전쟁, 인민군 점령하의 서울 생활, 의용대 징집, 탈출 후 붙잡혀 처형 직전까지 몰렸던 것, 좌우 대립이 빚는 피비린내를 목전에서 겪은 거제 포로수용소 생활,

4·19 혁명을 거치면서 참여 시인으로의 변신, 5·16 군사 정변, 그리고 교통사고로 인한 돌연한 죽음. 김수영은 한 인간이 겪을 수 있는 처참과 참혹의 극단을 두루 맛본 시인이었다. 그런데 이 신축 건물의 이미지는 일제 강점기를 지나 해방 이후 파란의 세월을 살아야 했던 김수영의 삶과 만나는 접점을 찾으려 한 것 같지 않다. 단순하고 군더더기 없는 외관은 박인환의 낭만성을 우습게 보던 차가운 모더니스트 김수영의 초기 면모라고 해야 할까. 첨단을 노래했던 솔직하기 짝이 없는 리얼리스트 김수영의 후기 면모라고 해야 할까. 아니면, 그 둘의 결합일까.

:

다시 1층으로 내려와 찬찬히 둘러본다. 김수영의 생애와 작품을 치밀하게 조명하고 있는 것은 다른 문학관과 비슷한데, 재미있는 발상이 눈에 띈다. 김수영의 시어들을 새긴 나뭇조각들을 나열해 놓고 관람객이 자유롭게 그 조각을 옮기며 문장 만들기 놀이를 할 수 있게 한 것이다. 이것은 상상력 훈련을 위해 일부러라도 해 볼 만한 놀이가 되겠다. 물론 김수영이 이런 식으로 상상력을 발휘한 사람은 아니었지만, 어떤 어휘들을 아무렇게나 섞어서 생겨난 문장이라도 허용되어야 한다는 생각을 지닌 사람이었을 것이니 그 놀이 또한 김수영의 자유와 무관한 것은 아니리라.

그렇다. 김수영 문학의 핵심은 자유정신이다. 김수영은 윤동주보다 4년 뒤인 1921년에 태어났지만 현대적 이미지로 각인되어 있다. 윤동주가 '해방'이라는 언어와 연결된다면 김수영은 '자유'라는 언어와 연결된다. 윤동주는 만주에서 태어났고 해방되기 전에 일본 땅에서 죽었으니 그 이미지가 일제 강점기에 갇힐 만하다. 김수영은 20대 중반 청년기까지를 일제 강점기에 보냈고, 일본어 교육 세대로서 일본어로 사고하고 일본 문자로 글을 썼다. 그러나 그는 언어의 현대화를 이룬 첨단의 시인이라는 이미지가 강하다. 그는 일제 강점기에는 문학 활동을 하지 않았고, 그때까지 자신이 일제에 어떤 자세를 가졌는지 드러내지 않았다. 그가 저항의 자세를 드러낸 것은 4·19 혁명 이후다. 그것도 현실의 구체적 조직이나 대상을 가지고 있는 것이 아니다. 그의 저항은 시대를 초월하여 어느 시대에나 적용할 수 있는, 본질적인 자유를 추구하기 위한 저항이었다. 해방 전까지 그는 일본과 만주에서 연극에 심취했고 영미 문학의 독자였을 뿐이다. 6·25 전쟁을 거친 후에도 사회 현실에 대한 직접적 발언을 내놓지 않는다. 4·19 혁명을 겪은 뒤 사회적 발언의 시를 쓰기 전까지 김수영은 도

도봉산 자락 아래 김수영의 집

시 서정을 신선하게 노래한 모더니스트의 냄새를 풍긴다. 4·19 혁명과 뒤이은 5·16 군사 정변의 현장을 목격하면서 비로소 깨달은 '김수영표 자유'는 무엇일까.

:

김수영은 시와 산문이 모두 허술하지 않은 드문 작가이다. 그의 언술 가운데 나에게 가장 강렬한 충격을 준 것은 '불온'에 관한 산문이다. '불온' 딱지는 자유를 억압하는 장치이다. 불온이 없어야 자유로운 것이다. 나 역시 '에비의 시대'를 거쳐 오면서 공포 정치의 장치들을 내면화하며 청춘을 보냈다. 우리 부모 세대는 가끔 눈빛을 멈추면서 손가락을 입가에 대고 말조심과 입조심을 환기시켰다. '불온'에 '에비'를 가했던 것이다. 지금도 '나의 발언이 혹시 어떤 감시의 눈길에 걸려 무슨 사달이 나지 않을까' 하는 문장이 늘 내 주변을 맴돌고 있다. 김수영이 산문 「실험적인 문학과 정치적 자유」에서 "모든 전위 문학은 불온하다. 그리고 모든 살아 있는 문화는 본질적으로 불온한 것이다."라고 말했을 때 나는 국민학교 1학년짜리였고, 내가 그 명제를 만난 것은 그로부터 20여 년이나 지나서였다.

그때의 나도 충격을 받았으니 당대의 사람들은 어땠을까. 이 발언은 아마 앞으로도 젊은 정신들에게 충격을 가하며 계속 살아 있을 것이다. 1960년대의 한국 사회를 '에비'가 지배한다고 분석한 명민함은 이어령의 것이었지만, 문화의 본질이 '불온'이라고 통찰한 사유의 예리함은 김수영의 것이었다. 나는 지금도 한국 사회에서 가장 불온한 사상은 '문화의 본질은 불온'이라는 말에 있다고 믿는다. 그렇게 불온한 발언을 나는 그 후 박노해와 김남주의 글 속에서 가끔 만날 수 있었다. 그러나 그들의 불온은 김수영의 선언에 대한 각주라고 해야 할 것이다. 이어령의 문화비평은 감탄을 자아내게 하지만 그는 김수영처럼 전위적이지도 불온하지도 않다. 김수영의 자유정신은 지금도 여전히 날을 시퍼렇게 세운 채 문학과 예술의 첨단에 서 있다. 그의 문학은 전위이며 불온이다.

김수영의 「김일성 만세」라는 시가 최근에 다시 회자되는 것에서 알 수 있듯이 지금의 인문 정신이 김수영보다 또는 김수영의 시대보다 인문 정신의 본질에 가까워졌다고 확언하기는 어렵다. 한국 사회에서 언론의 자유는 '김일성 만세'라는 표현을 인정할 수 있을 때 실현된다는 이 시가 당시에는 발표되지 못하고 김수영 사후 40년이나 지난 2008년에야 공개된 저간의 사정만 봐도 그렇다. 오늘날 어느 시대보다 많은 자유가 제도적으로 확보되었지만 김수영이 말했듯이 언론의 자유는 100퍼센트 아니면 0퍼센트이다. 1퍼센트의 자유가 억압당해도 그것은 자유가 없는 것이다. 자유는 양의 문제가 아니라 질의 문제이기 때문이다. '국경 없는 기자회'는 2018년 한국의 언론 자유 지수를 43위로 발표했다. 2016년 70위, 2017년 63위와 비교하면 급격한 상승이지만 지금 우리 사회는 여전히 '불온'으로부터 '자유'롭지 않다. '에비!' 소리가 말끔히 걷히지 않은 것이다. 그것이 법과 외부적 압력에 의한 것이든 한국 사회에서 자라면서 내면화된 자기 검열 때문이든 상관없이 말이다. 어느 시대에나 집단의 금기, '에비'는 존재했다. 문학은, 인문 정신은 '에비'의 본질을 바로 보고 감지해 내는 것이다. 김수영은 그것을 바로 볼 줄 아는 통찰력의 소유자였다. 그는 한국 사회의 본질적 족쇄가 무엇인지를 정확히 꿰뚫어 본 사람이다.

그렇게 김수영은 나에게 충격적인 시인이었다. 누구든 그 앞에서는 알몸으로 낱낱이 발가벗겨질 것 같은 시인,

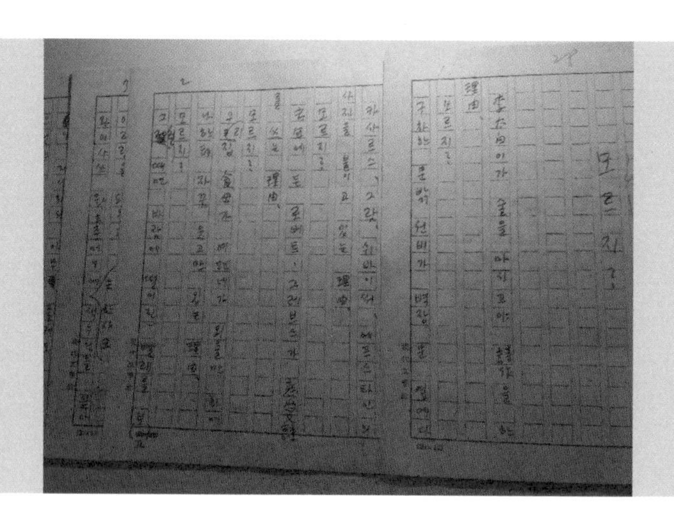

타자에 대해서든 스스로에 대해서든 직설적이었던 시인, 누구의 허위와 진실조차도 숨길 수 없게 만든 시인이었다. 거대 담론으로서만 그런 게 아니라 그는 일상의 주변을 전면적으로 발가벗겼다.

그러나 우산대로
여편네를 때려눕혔을 때
우리들의 옆에서는

도봉산 자락 아래 김수영의 집

어린놈이 울었고
비 오는 거리에는
40명가량의 취객들이
모여들었고
집에 돌아와서
제일 마음에 꺼리는 것이
아는 사람이
이 캄캄한 범행의 현장을
보았는가 하는 일이었다
—아니 그보다도 먼저
아까운 것이
지우산을 현장에 버리고 온 일이었다.

—「죄와 벌」 부분

그는 마음속에서 벌어지는 심리 현상조차 이렇게 남김없이 까발릴 수 있는 시인이었다. 아내를 실제로 때렸는지를 따지기에 앞서, 인간의 마음속에 자리한 옹졸함을 감추려는 허위의식을 그대로 드러내 버린 김수영은 진정한 리얼리스트였다. 기존의 사회적 언술 행위가 자기 포장과 허위 또는 자신을 빼 버린 세계만을 노래할 때 김수영의 직설은 꽃잎을 베는 칼처럼 선명했으리라.

:

김수영은 전방위적으로 내 사고의 여기저기에서 튀어나온다. 그의 문장은 주로 어떤 절망의 순간에 다가와 우리들의 현재를 서늘하게 일깨운다. 세상이 내 뜻대로 안된다고 괴로워할 때 "우리들의 전선은 눈에 보이지 않는다"라고, "그것이 우리들의 싸움을 이다지도 어려운 것으로 만든다"(「하…… 그림자가 없다」)라고. 어느 쓸쓸한 날에는 이렇게 속삭인다. "모두 다 마음에 들지 않어라 / 이 황혼도 저 돌벽 아래 잡초도 / 담장의 푸른 페인트 빛도 / 저 고요함도 이 고요함도"(「사령(死靈)」)라고. 몹시 아픈 날 "먼 곳에서부터 / 먼 곳으로 / 다시 몸이 아프다"(「먼 곳에서부터」)라는 문장이 머리맡에 쌓이는 경험은 또 어떤가.

그의 시는 대부분 나에게 어렵다. 그런데 파격적인 언술들이 삶의 어느 순간 이마를 때리며 나타난다. 김수영은 일상적인 삶의 모습에서도 나에게 자극을 준 시인이다. 그의 어머니는 자식의 성품이 불같다고 했다. 불은 징집을 피해 도피했고, 시대의 무게를 밀어제치는 저항의 동작을 취하지 않았다. 사회적 불의를 향해 목숨을 걸지도 않았고, 오히려 "옹졸하게" "조그마한 일에만 분개하"(「어느 날 고궁을 나오면서」)며 살아간 일상인이었다. 짜증을 잘 내기도 했고, 영어 번역을 하거나 영어 강사로 밥벌이를 하면서 때로는 소리를 지르며 방 안의 기물들을 내던지기 일쑤였다. 일주일에 한 번씩 살림 도구를 밖으로 내던지는 옆집 아저씨 같은 사람이었다. 돼지와 닭을 키우던 아내 김현경을 도우며 살아야 했던 때도 있었다. 의용군에서 탈출해 총을 버리고 도망하다가 붙잡혀 죽을 위기에 처하자 자신의 신분을 증명하기 위해 자신이 버린 총을 사흘을 헤맨 끝에 겨우 찾아내어 목숨을 부지할 수 있었다. 그는 '불'이 아니라 '풀'이었다. 자기 머리에 총구를 들이대고 신분 증명을 요구하는 인민군에게 불이 되어 대들었다면 인민군이 내뿜는 불에 풀은 타 버렸을 것이다. 그 자신이 바로 바람보다 먼저 누워 버린 풀이었다. 나는 그의 이런 '옹졸함'을 보며 위로받는다. 그런데 풀이 바람보다 먼저 일어나 불이 되는 때가 있으니 바로 이런 때다.

비숍 여사와 연애를 하고 있는 동안에는 진보주의자와
사회주의자는 네에미 씹이다 통일도 중립도 개좆이다
은밀도 심오도 학구도 체면도 인습도 치안국
으로 가라 동양 척식 회사, 일본 영사관, 대한민국 관리,
아이스크림은 미국 놈 좆대강이나 빨아라 그러나
요강, 망건, 장죽, 종묘상, 장전, 구리개 약방, 신전,
피혁점, 곰보, 애꾸, 애 못 낳는 여자, 무식쟁이,
이 모든 무수한 반동이 좋다

—「거대한 뿌리」 부분

지금도 여전히 타오르고 있는 풀이 아니던가. 반복되는 누추와 허접함으로 가득 찬 일상을 우리들과 똑같이 살면서 우리가 일상으로 지나쳐 버리는 것들을 '바로' 보고 삶의 '거대한 뿌리'를 탐색해 내던 사람. 진보와 사회주의가 아니라 곰보와 애꾸와 무식쟁이의 반동을 더 사랑한 사람. 사랑만이 자유로 가는 길임을 이야기한 사람. "미국 놈 좆대강"과 "무수한 반동"의 거리에 놓인 비애를 큰 눈으로 뚫어져라 바라본 사람. 그가 바로 김수영이다.

김수영의 시비가 있는 곳으로 발길을 옮긴다. 시비는 도봉산에 있다고 한다. 스마트폰으로 검색하니 위치가 찍힌다. 택시를 타고 10분 정도 되는 거리. 도봉산 입구 안내소에서 김수영 시비를 물으니 모른다 한다. 삼삼오오 짝을 지어 내려오는 등산객들에게 물어도 아는 이가 없다. 결국 스마트폰에 의지해 한 걸음 한 걸음 방향을 잡아가는데 GPS가 문제가 있는지 길 안내를 제대로 하지 못한다. 사방을 둘러보며 20분쯤 올라갔을까. 길에서 5미터가 채 안 되는 곳에 나무들 사이로 시비가 눈에 들어왔다. 가로가 긴 직사각형의 나지막한 시비는 눈에 잘 띄지도 않았고 특별히 관리되고 있는 것 같지도 않았다. 김수영의 얼굴이 청동으로 부조된 시비에 그의 마지막 작품이자 사람들이 지금도 가장 많이 거론하는 시 「풀」의 일부가 새겨져 있다. 글씨는 그의 육필을 확대한 것이다.

풀이 눕는다

비를 몰아오는 동풍에 나부껴

풀은 눕고

드디어 울었다
날이 흐려서 더 울다가
다시 누웠다

풀이 눕는다
바람보다도 더 빨리 눕는다
바람보다도 더 빨리 울고
바람보다 먼저 일어난다

날이 흐리고 풀이 눕는다
발목까지
발밑까지 눕는다
바람보다 늦게 누워도
바람보다 먼저 일어나고
바람보다 늦게 울어도
바람보다 먼저 웃는다
날이 흐리고 풀뿌리가 눕는다

—「풀」 전문

교과서에 두루 실려 있는 작품이다. 그리고 해설에서는 하나같이 풀을 민중에 비유하고 바람을 민중을 억압하는 권력으로 설명하고 있다. 시의 주제를 '권력에 저항하는 민중의 끈질긴 생명력'으로 해석하는 경향도 비슷하다. 이러한 해석이 별 무리 없이 받아들여지는 것은 이미 오래전에 한자 문화권에 퍼져 있는 풀에 대한 이미지 때문이기도 하다. 『논어』의 한 구절 "군자의 덕은 바람과 같고 소인의 덕은 풀과 같으니 풀은 바람이 불면 반드시 눕는다(君子之

德風小人之德草草上之風必偃)."에 연원이 있다. 그렇다면 김수영이 『논어』를 표절한 것이냐고 반문할 수 있다. 물론 착상은 거기서 얻었다고 할 수 있다. 문학의 형식과 내용은 끊임없이 축적되고 진화하여 지금과 같은 범주를 만들고 상징과 비유를 통하여 인간과 사회를 노래해 왔다. 이런 예는 무수히 많다. 정지용의 「향수」도, 김소월의 「진달래꽃」도, 서정주의 「국화 옆에서」도 모두 그 앞을 걸어간 본보기가 있었다. 하늘 아래 새로운 것은 없다.

시비 옆에서 잠시 땀을 식히고 계곡을 따라 내려온다. 시비를 찾는 과정에서 안내판도 하나 없고 도대체 누가 와서 시비를 찾을 수 있을 것인가 하고 은근히 짜증이 났는데 "왜 조그마한 일에만 분개하"느냐는 김수영의 눈빛이 스쳐 간다. 계곡물 소리에 좀 너그러워졌는지 김수영의 산문 「가장 아름다운 우리말 열 개」에서 도드라지는 문장들이 나를 깨운다. 그의 언어로 정신이 좀 맑아진 것 같다고 느낄 때 다시 들려온다. "모든 언어는 과오다." 철학적 함의가 느껴지는 이 날카로운 문장. 그리고 이어서 그는 "나는 시 속의 모든 과오인 언어를 사랑한다. 언어는 최고의 상상이다."라고 말한다. 반전이 끝나질 않는다.

3

고향 안동 마을 너머 이육사의 집

지금 눈 내리고
매화 향기 홀로 아득하니
내 여기 가난한 노래의 씨를 뿌려라
다시 千古의 뒤에
白馬 타고 오는 超人이 있어
이 광야에서 목놓아 부르게 하리라

이육사 詩 광야
나무빛

이육사의 무덤 앞이다. 부인과 나란히 묻힌 무덤 앞으로 멀리 들판이 보이고 낙동강이 흘러간다. 애초의 목적지인 문학관은 문이 닫힌 상태였다. 불운인지 불찰인지, 기행을 위해 무턱대고 달려온 이육사 문학관이 공사 중이었던 것이다. 철근과 차단벽이 높이 솟아 있어 내부를 전혀 볼 수 없었다. 대개의 문학관이 월요일에 휴관하기 때문에 일요일에는 문을 닫지 않으리라는 상식만 믿고 왔는데 공사 중이라니! 막막해지는 눈길로 사방을 허적이는데 눈길을 끄는 푯말이 있었다. '이육사 묘소 가는 길 2.8㎞'. 마치 '여기까지 왔는데 묘소라도 가 봐야 하지 않겠느냐'고 말하는 듯했다. 잠깐 망설이다가 서둘러 발길을 옮겼다. 완만하지만은 않은 산길 2.8킬로미터는 적어도 40분 이상을 걸어야 하는 숨찬 거리였다. 하지만 문학관을 보지 못한 아쉬움을 달래기 위해서라도 포기할 수 없었다.

무덤에 절을 하고 뒤를 돌아보니 산자락이 완만히 벋어간 끝자락에 아스라한 들판과 낙동강이 눈에 들어온다. 산길을 오르는 내내 머릿속을 떠나지 않던 생각이 하나 있었다. '세상에서 가장 고독한 사람은 누구이며, 그의 가장 고독한 순간은 언제일까?' 이육사에 대한 글을 쓰겠다고 그의 삶과 문학을 뒤적일 때부터 뇌리에 맴돌기 시작한 생각이었다. 그는 시와 총을 함께 품었던 사람이고, 비밀을 간직한 채 주변 사람들에게 자신의 신분을 감추어야 했던 사람이기 때문이다. 시와 총을 품은 사람에게 '비밀'이 함께하는 순간, 나의 머릿속에는 '고독'이라는 단어가 이어지고 있었다. 동지조차 본명을 알 수 없었다는 의열단 요원에게 가장 잘 어울리는 단어는 '고독'일 것이라는 생각이 스쳤다. 독립운동에 목숨을 바치기로 한 것을 기꺼운 희생

으로 받아들였을 때 그 고독의 느낌은 무엇이었을까. 그것은 차라리 고통이 아니라 해탈이었을까.

2015년의 더운 여름을 더 뜨겁게 만들었던 영화 「암살」이 개봉한 지 한 달도 되기 전에 천만 관객을 넘어서면서, 그동안 잘 알려지지 않았던 독립운동 관련 기사가 신문과 방송에 넘쳐났다. 김원봉, 의열단, 친일파, 반민족 행위 처벌법. “알려 줘야지. 우린 계속 싸우고 있다고.” 영화 속의 대사가 짙은 아픔을 자아내며 암살단이 쏜 총알처럼 우리 가슴에 새겨진 계절, 시인 이육사가 나의 관심 대상으로 떠올랐다. 문학관 기행의 다음 대상자는 이육사일 수밖에 없을 것 같았다.

⁚

우리 세대가 교과서 속의 「청포도」와 「광야」를 통해 만나 왔던 시인 이육사. 의열단 요원이었으며 조선 혁명 군사 정치 간부학교의 1기 학생이었던 전사 이육사. 다이너마이트와 시를 가슴에 품고 살다 간 사람. 어떤 인연의 끈이 닿았는지 나는 마침 중국 동북 역사 기행에 참여하게 되었는데 이육사가 순국했던 북경의 형무소를 답사했다. 이육사가 고문을 당하고 죽어 간 형무소 건물이 잡초 사이에 방치된 현장은 복잡한 감정을 불러일으켰다.

까마득한 날에
하늘이 처음 열리고
어데 닭 우는 소리 들렸으랴

모든 산맥들이
바다를 연모해 휘달릴 때도

차마 이곳을 범하던 못하였으리라

끊임없는 광음을
부지런한 계절이 피어선 지고
큰 강물이 비로소 길을 열었다

지금 눈 나리고
매화 향기 홀로 아득하니
내 여기 가난한 노래의 씨를 뿌려라

다시 천고의 뒤에
백마 타고 오는 초인이 있어
이 광야에서 목 놓아 부르게 하리라

—「광야」 전문

중국 기행 첫날, 나는 하루 종일 달려도 언덕 하나 보이지 않는 드넓은 옥수수밭을 보며 이육사의 시 「광야」가 왜 '광야(曠野)'인지를 이해하고 있었다. 그것은 그야말로 드넓은[曠] 벌판[野]이었다. 여덟 시간을 달리는 동안 버스

창밖으로 내다보이는 풍경은 가도 가도 벌판이었다. 새벽녘에 보은을 출발하여 청주, 김포, 북경으로 달려온 지친 몸으로 버스에 올라 잠시 낯선 풍경에 눈길을 주다가 한참을 자고 나서 보면 옥수수 벌판, 설명을 듣고 휴식 시간이 지나고 옆 사람과 이야기하다 바라보면 옥수수 벌판, 두어 시간을 비몽사몽 하다가 밖을 바라보면 다시 옥수수 벌판. 참 막막한 벌판이었다. 이육사가 본 광야가 내가 달렸던 북경에서 섭현까지의 그 벌판이었는지는 확실치 않지만, 그 역시 크고 작은 산들이 올망졸망한 한반도 지형을 벗어나 조선 혁명 군사 정치 간부학교에 들어가기 위해 남경으로 갈 때 거대한 허허벌판을 바라보았을 것이다. 이육사가 안동 땅에서 태어났다는 사실을 상기하는 순간, 그가 본 대륙의 광활한 이미지 역시 나와 크게 다르지 않았을 것이라는 생각이 들었다. 크고 작은 산들이 늘 이마에 와 닿는 우리나라 지형에 익숙해 있던 나에게 중국의 광활한 평야는 그 자체가 문화적 충격이었다.

중국 기행의 여정은 대체로 독립운동가 윤세주의 활동 무대와 순절지, 그리고 태항산 자락의 십자령과 장자령 등 조선 의용대의 활동 근거지를 돌아보는 것이었다. 윤세주는 이육사에게 조선 독립의 의지를 심어 주고 그가 의열단에 가입하도록 이끈 인물이다. 김원봉과는 한마을에서 나고 자란 죽마고우였으며, 함께 의열단을 결성하는 등 독립운동의 평생 동지였다. 윤세주의 권유로 조선 혁명 군사정치 간부학교에 입교한 이육사는 거기서 6개월의 군사훈련을 받고 독립운동의 전위 전사로 거듭난다. 당시 교장이 김원봉이었고, 윤세주는 교관이었다. 중국어와 일본어에 능한 지식인이었던 간부학교 전사들은 졸업 후 대중 조직, 선무 활동, 독립운동 자금 모금을 위해 활약했다. 여러 개의 가명을 쓰며 서로의 본명도 몰랐던 그들은 피해를 줄이기 위해 문서를 남기지 않았고 점조직으로 움직였다. 따라서 그들의 활동 전모가 지금까지 거의 밝혀지지 않았다. 이육사는 시를 쓰고 언론 활동을 한 작가였지만 그가 의열단에 가담한 사실은 주위의 누구도 알지 못했다. 이러한 이유 때문에 이육사가 의열단 요원이었다는 것, 조선 혁명 군사 정치 간부학교를 나왔다는 것 자체가 의문시되기도 한다. 확실한 것은 그가 일제 강점기 시인 가운데 가장 여러 번 감옥을 드나들었다는 사실 정도이다.

그러나 그의 시를 보면 무려 열일곱 번이나 감옥살이를

하고 투옥 중에는 고문에 시달린 사람이라는 사실을 알 수 없다. 이육사는 혁명 의지를 시에 드러내거나 특정 사건을 소재로 직접적 표현을 하지 않았다. 가령 「절정」의 첫 행 "매운 계절의 채찍"이라는 구절은 그 숨은 뜻을 쉽게 추측할 수 있게 하지만 이것도 "빼앗긴 들에도 봄은 오는가"라고 노래한 이상화의 시어보다 직설적이지 않다. 물론 거기에는 전투적이고 직설적인 작품이 발표되거나 출간될 수 없었던 시대의 폭압이 전제되어 있기는 하다. 그는 상징과 비유를 통해서만 해석과 접근이 가능한 아주 적은 분량의 글을 남겼다. 한시를 포함하여 겨우 36편의 시와 10여 편의 산문이 전부다. 시와 산문을 묶어도 한 권의 책이 되기에는 부족한 양이다. 좀 더 격정적으로 현실을 노래한 시를 어느 곳에 숨겨 둔 것일까.

이육사가 남긴 시들은 대체로 그의 삶의 이력과 모순된 것처럼 보이기도 한다. 그의 글은 비극적이거나 절망적이거나 고요하고, 때로는 냉소적이고 경멸적이다. 「청포도」, 「광야」 등 몇 편의 시를 제외하면 대개의 시 작품들은 복합적인 이미지와 다양한 대상이 얽혀 있다. 한마디로 몸을 던져 독립운동에 뛰어든 사람의 의식이라고는 느껴지지 않는다. 목표에 대한 확실한 의지와 자신의 행동에 대한 절대적 긍정만이 실천을 지속하게 할 수 있기 때문이다. 그렇다면 행동과 생각의 괴리는 그 나름대로의 독립운동 전술이었을까. 아니면, 장진홍의 조선은행 대구 지점 폭파 사건에 연루되거나 대구 격문 사건을 주도한 정도가 독립운동 실천의 전부였을까. 그는 안중근이나 이봉창과 같은

전투적 행동가는 아니었던 건 분명한데, 어쩌다 보니 의열단에 가입하게 되었던 것일까. 시와 총을 동시에 가진 사람의 시가 이렇게 된 이유는 무엇일까.

그의 학업 이력을 살펴보자. 전통적인 유교 집안에서 자란 그는 어려서부터 할아버지 밑에서 한학을 배웠다. 중국의 소설가 루쉰의 소설을 번역하고 몇 편의 한시를 남긴 것으로도 짐작할 수 있듯이 그는 한학에 정통한 사람이었다. 영천, 대구에서 신식 학교를 다니며 신학문을 접했고, 일본과 중국에서 대학 과정을 학습했다. 북경 대학교에서는 사회학을 전공했으며, 조선 혁명 군사 정치 간부학교에서는 철학과 역사 등 정신 무장을 위한 인문 공부와 더불어 총기 사용법 등 군사 훈련을 받았다. 그는 뛰어난 사격수였다고도 한다. 그러나 구체적인 행동으로 거사를 한 기록은 없다.

가계로 보자면 이육사는 퇴계 이황의 14대손이다. 양반가의 후손이었다는 얘기다. 그의 할아버지는 일찍이 개화한 사람으로, 시대의 흐름을 알고 노비 문서를 불태우고 노비들에게 토지를 나누어 주는 등 왕조 사회의 한 제도를 스스로 허물어 버리는 실천적 삶을 보여 주었다. 어쨌거나 이육사는 유가적 흐름이 있는 집안에서 태어났지만 완고한 틀 속에 갇힌 분위기에서 자란 것은 아니었음을 미루어 볼 수 있다.

:

이육사는 일제 강점에 철저한 저항 의지를 지녔던 것으로 보인다. 그 첫 번째 증거가 '이육사'라는 이름에 얽힌 이야기이다. '이육사'는 그가 처음 수감되었을 때의 수인 번호 '264'에서 온 것이다. 그의 본명은 이원록이었고, 이활이라는 필명을 쓰고 있었다. 조선은행 대구 지점 폭파 사건에 연루되어 이육사가 체포된 것은 1927년 스물네 살 때의 일이다. 중국에 다녀온 무렵이었으며, 독립운동의 방향을 모색하면서 대구에 머물렀던 것으로 보인다. 이 사건은 장진홍이 일으킨 것이었지만 장진홍의 존재는커녕 단서조차 잡지 못한 일경은 대구 지역의 사회 활동가들을 잡아들였고, 이때 이육사의 4형제도 연행된다. 이육사는 1년 7개월의 수감 생활 끝에 장진홍이 일본에서 잡혀 무죄가 입증된 뒤에야 석방된다. 감옥에서 나온 이육사는 처음에 '육사(戮史)'를 자신의 이름으로 쓰려 했다. 역사를 죽인다! 일제 강점의 치욕적인 역사를 없애고 싶었던 것이다. 자신이 하지도 않은 일 때문에 감옥에서 신문을 받고 고문을 당한 이 치욕을 씻을 방법이 무엇일까. 수인 번호를 그대로 이름으로 쓰고자 했던 심리적 이유를 생각해 보면, 우선 수인 번호를 이름으로 삼음으로써 평생 그때 일을 잊지 않겠다는 몸부림을 추측해 볼 수 있다. 수감되어 있을 때의 처지를 잊지 않고 일생 동안 항일 운동에 몸을 바치겠다는 결연한 의지를 엿볼 수도 있겠다. 어쩌면 일제 식민지에서 자신은 영원한 죄수라는 자조가 섞여 평생 죄수처럼 살고 싶었던 것일지도 모른다. 이름과 관련한 이 일화는 이육사의 의식을 아주 분명하게 보여 준다. 유교 집안에서 나고 자랐으며 유학을 공부한 사람이 자신의 이름에 '죽일 육(戮)' 자를 넣는다는 것은 금기를 넘는 것이었다. 그의 분노는 일제에 대한 것일 수도 있고 조선이라는 힘없는 조국의 역사에 대한 것일 수도 있다. 치욕의 역사에 대한 그 나름의 처방은 그것을 죽이는 것이었다. 그러나 그 이름은 주위 사람들의 거부 반응이 너무 거센 탓에 '역사를 높고 평평한 땅으로 만든다'는 의미의 '육사(陸史)'로 바뀌게 되고, 그렇게 해서 시인 이육사(李陸史)가 탄생한다. 그는 '264'라는 숫자를 자신의 이름으로 삼아 죽는 날까지 쓰게 된다.

이육사가 시인으로서 본격적인 활동을 시작한 것은 그로부터 6년 정도가 지나서였다. 조선의 운명이 다 기울어 최후의 신음 소리만 겨우 내던 시기, 시인으로서 문단 활동을 활발하게 펼치던 1933년 당시 이육사는 이미 시대의 풍파를 다 겪고 독립 의지를 품은 지사였다. 의열단에 가입한 전사이자 조선 혁명 군사 정치 간부학교를 졸업한 투사였다. 말하자면 그는 문학을 꿈꾸며 청년기를 보낸 낭만적 인간형이 아니라는 얘기다. 의열단의 독립운동 노선은 방법상으로는 무장 투쟁이었고, 사상적으로는 무정부주의를 추구한 것으로 보인다. 이것이 의열단의 핵심 인물 김원봉이 해방 후 남북 양쪽의 역사에서 지워지게 된 가장 큰 원인인 듯하다. 독립을 위해서는 교육과 준비가 필요하다는 준비론이나, 우리 힘이 부족하니 외국의 힘을 빌려야 한다는 외교론이나 모두 독립운동의 한 방법이겠지만, 민중의 직접 혁명만이 유일한 수단이라는 무장 투쟁론은 극단적인 방법이었다. 목숨을 건 사람들만이 택할 수 있는 방법이었다. 이것을 어떻게 읽어야 하나.

혁명 시인이라는 말에 적절한 인물로 나는 김남주와 체 게바라를 생각한다. 김남주와 체 게바라는 직설적 시를 쓴 혁명 시인이었다. 혁명을 위해 투신한 삶의 매 순간 써 내려간 글이 모두 시였던 인물이다. 그들은 아주 직접적인 진술로 시를 썼지만 솔직담백한 서정의 품위를 지니고 있다. 매 순간 목숨을 걸고 전진하는 사람의 글은 형식에 얽매이지 않고 독자의 심장을 흔들 수 있다는 것을 철저하게 보여 준다. 내용이 형식을 비웃는 순간이다.

이육사가 윤세주의 독립운동 동참 권유를 받아들이고 전사가 되기로 했을 때의 심정도 그러했을까. 그러나 이육사는 다른 방법으로 자신의 상황을 시화했다.

매운 계절의 채찍에 갈겨
마침내 북방으로 휩쓸려 오다

하늘도 그만 지쳐 끝난 고원(高原)
서릿발 칼날 진 그 위에 서다

어데다 무릎을 꿇어야 하나

한 발 재겨 디딜 곳조차 없다

이러매 눈 감아 생각해 볼밖에
겨울은 강철로 된 무지갠가 보다.

—「절정」 전문

물론 이 시는 윤세주의 독립운동 동참 권유를 받고 쓴 것은 아니다. 이육사는 대부분의 시에 은유와 상징의 기법을 사용하고 있다. 이 시는 서른여섯에 썼으니 장진홍 사건 이후 그에게 파란의 시간들이 스쳐 간 이후다. 광주 학생 항일 투쟁이 번질 때 체포되고, 대구 격문 사건으로 옥고를 치르고, 중국에 가서 조선 혁명 군사 정치 간부학교에 입학하여 군사 교육을 받고, 기자 생활을 하고, 루쉰을 만나고, 시사 평론을 쓰고, 본격적으로 시를 발표하고, 건강이 나빠져 휴양을 하기도 했다. 「절정」은 이육사가 심리적 극단의 순간에 처해 있는 상황을 묘사하고 있다. "매운 계절"이 상징하는 바가 일제든 다른 무엇이든 간에 화자의 상황은 자신의 의지와 무관하게 휩쓸려 와 칼날 위에 서 있다는 점이다. 겨울이 무지개이지만 강철로 되어 있다는 것, 무지개의 아름다움이 쇳덩어리 강철로 굳어 있다는 절망감! 그는 그것을 어찌할 것인지 방향을 제시하거나 행동 계획을 말하지 않고 다만 암울한 상황을 이야기한다. 무지개에 의미를 두면 희망이고, 강철에 방점을 두면 절망이다.

:

산을 내려갈 시간이다. 군데군데 걸려 있는 '이육사 묘소 가는 길'이라고 적힌 리본들이 이육사의 무덤을 찾는 이들이 적지 않다는 것을 말해 준다. 이번 여름, 이육사가 죽어 간 형무소와 그의 동지들이 활동하던 무장 투쟁의 현장을 돌아보던 역사 기행이 다시 떠오른다. 누구는 죽고, 누구는 살아남았다. 누구는 북쪽에서 또는 남쪽에서 기려지고, 누구는 남쪽에서도 북쪽에서도 버림받았다. 그러나 참으로 기이한 것은 독립운동을 하던 사람들보다는 일제의 협력자들이 대를 이어 부와 권력을 누리고 있다는 사실이다. 김구보다 높은 현상금이 걸렸지만 일경에 단 한 번도 잡히지 않았던 김원봉이 해방된 조국에 돌아와 친일 경찰 노덕술에게 잡혀 조롱을 당했다는 이야기는 분노조차

허망하게 했다.

이육사의 묘소에서 발길을 돌려 되돌아가는 시간, 상념이 어지럽다. 나는 어디로 되돌아가는 것일까. 이육사는 땅으로 되돌아간 것인가. 이육사는 북경에서 사망한 후 서울 미아리의 공동묘지에 묻혔다가 1960년에야 이곳으로 왔다. 고향 마을이 내려다보이는 곳이다. 2004년 탄생 100주년을 맞아 개관한 문학관은 현재 2천 평이 넘는 대지에 증축되고 있다. 1968년 국가는 그에게 건국 훈장 애국장을 추서했고, 해마다 이육사 문학제가 열려 사람들이 찾아 온다. 시인의 쓸쓸한 죽음과 지금의 '문학관 부흥' 사이에 어떤 역사가 흐르고 있는 것일까. 그것은 과연 높고 평평한 땅의 역사인가. 시인이 다시 태어난다면 지금의 부흥을 달갑게 생각할까.

시사 평론과 수필에서 엿보이는 그의 성향은 암울한 현실에 절망하지만 이상을 향한 노력을 멈추지 않는 의지가 강하게 나타난다. 노동자와 농민에게 따뜻한 시선을 가진 한편으로 인간의 허영과 속물적 근성을 질시했으며, 늘 자신을 성찰하며 부족함을 부끄러워했다. 이육사가 이 시대에 살고 있다면 오늘의 분단 현실을 어떻게 말할 것이며, 대한민국의 현재를 무엇이라고 말할 것인가. 숲 사이에서 잠시 길을 잃는다.

4

바다, 섬, 도시 그리고 유치환의 집

깃발
아 누구인가
이렇게 슬프고도
애닯은 마음을
맨 처음 공중에
달줄안 그는
유치환 詩
깃발

이름 붙이기 좋아하는 어느 문사가 통영을 '동양의 나폴리'라고 했던가. 나는 나폴리에 가 본 적이 없으니 두 도시의 아름다움을 비교할 수는 없다. 다만 나는 섬과 바다 물결이 올망졸망 어울려 있는 통영에 올 때마다 기회가 된다면 이와 비슷한 바닷가 마을에서 몇 년쯤 살고 싶다는 생각을 해 보곤 한다. 인류의 기원이 바다에 있을지도 모른다는 현대 생물학의 의견을 빌려 오지 않더라도 바다에 대한 근원적 그리움이 인간의 내면에 잠재하는 게 아닐까.

통영을 방문한 것은 이번이 네 번째다. 작가들과 왔고, 학생들과 왔고, 친구들과 왔던 곳. 여행 경험이 많지 않은 내가 이렇게 여러 번 발을 디딘 곳은 없다. 외도 가는 길에, 이순신의 흔적을 찾는 수학여행 길에, 포로수용소의 역사를 더듬고 박경리의 생애를 좇는 길에 이곳 통영에 발을 디뎠었다.

바닷물이 방파제 시멘트 벽에 와서 부서진다. 이번 여행은 40여 명이 함께하는 단체 여행이다. 단체 여행은 혼자 하는 여행과 너무 다르다. 혼자만의 여행은 허허롭고 막막하고 때로는 멋쩍기도 하다. 무모하게 텅 빈 내면을 들여다보는 시간이기도 하다. 청승맞고 구질구질하게 느껴지는 순간도 있다. 물론 이건 나만의 느낌일 테지만, 얼마나 깊이 사유할 것이 있다고, 무슨 심각한 연구를 한다고 혼자 돌아다닌단 말인가 하는 회의가 마음 한구석에서 고개를 들곤 한다. 혼자서 역을 서성이거나 밥을 먹는데 익숙지 않은 것이다. 문학관에 들어설 때도 왠지 기웃거리고 있다는 느낌이 스쳐 간다. 물론 우리는 누구도 혼자 살 수 없고 혼자 살아가지 않지만 혼자 있는 시간이 되면 문득 어떤 느낌에 빠지게 된다. 쓸쓸함이랄까, 외로움이랄까. 또는 고독이라고 하든 고립감이라고 하든 실존적 단독자의 격절감이라고 하든 인식 능력을 가진 한 개체가 관계의 끈이 희미해지는 순간에 느끼는 어떤 감정이 있는 것만은 분명해 보인다. 그것이 고통인지 아니면 평상심의 한 상태인지는 잘 모르겠다. 여행 중에 스쳐 지나가는 모든 사람이 사회의 그물망에 다 이어져 있겠지만 그들은 내게 낯선 타인으로 다가왔다가 이내 사라진다. 혼자만의 여행은 그래서 자신에게 몰두할 수 있는 시간이다. 마치 자신이 고립된 존재처럼 느껴지는 쓸쓸함과 함께 그동안 밀려나 있던 생각과 삭막한 내면의 풍경에 감정의 흐름을 내맡길 수 있는 시간이다. 하나의 생각에 침잠하거나 기행의 대상이 된 시인의 삶과 문학을 곱씹어 보는 차분한 시간이 주어진다. 자의식의 시간이라고도 할 수 있다.

단체 여행은 자의식이 거의 없는 시간이다. 가까운 벗 대여섯 명이든 이삼십 명이 넘는 집단이든 여러 사람이 함께하는 여행은 늘 그렇다. 동행자가 생기면 고립감이 사라지면서 여행 내내 서로 눈빛을 주고받는다. 쉬지 않고 옆 사람과 대화하고, 걸어가는 동안에도 앞사람을 의식하며 움직이게 된다.

오늘 단체 여행의 주된 목적은 정지용의 흔적을 더듬어 보는 것이지만 나에게는 청마 문학관을 살펴보고 유치환의 삶과 시를 되짚어 보는 것이 더 중요했다. 그러나 여러 사람이 같이 움직이다 보니 꼼꼼히 살피지 못했다. 문학관 안에 게시된 그의 시들을 좀 더 오래 음미하고 싶었지만 해설사의 이야기를 따라 같이 움직이느라 그럴 시간이 충분하지 않았다. 몇 줄 읽기도 전에 서둘러 사진을 찍고 이동해야 했다. 일단은 게시된 시를 사진에 담아 두고 나중에 다시 확인해 보겠다는 생각이었지만 문학관에서 읽는 시와 방 안에 앉아서 사진이나 책으로 보는 시는 맛이 분명 다르다. 문학관 냄새를 맡으며 은은한 조명 아래서 읽는 시는 또 다른 정취가 있다. 다른 사람들과 앞서거니 뒤서거니 하며 서성이듯 벽 앞에 서서 시를 읽는 맛은 그것대로 기행자의 특권이랄 수 있다. 음식, 풍경, 놀이 등 여행을 통해서 얻는 즐거움은 여러 가지이다. 그중 문학관에서 한 시인의 삶을 더듬어 보고 그가 남긴 시편들 가운데 선별된 몇몇 작품을 천천히 음미하는 것은 그야말로 문학관 기행만이 가진 특별함이다.

청마 문학관은 위치가 좋았다. 아니, 문학관 앞마당과 생가에서 바라보는 바다와 섬 풍경이 좋다고 해야 맞겠다. 산자락을 업고 앉아 들판과 농촌 마을의 아늑함을 보여 주는 남원의 혼불 문학관과 영양의 지훈 문학관, 금강 하구의 느린 물결을 거느린 채 조금은 쓸쓸한 듯 서 있는 채만식 문학관, 냇가를 눈 아래로 바라보며 나른한 오후의 느긋함을 보여 주는 이효석 문학관 등 풍광이야 다 그 나름의 격조와 독특함이 있지만 바다와 섬과 도시의 모습이 한뼘으로 눈에 들어오는 곳은 청마 문학관뿐이다. 산과 들과 강이 어우러진 풍광은 내가 사는 옥천 주변에도 얼마든지 있다. 그러나 바다에 굶주린 나는 좀 더 시간을 갖고 거기 머물렀으면 싶었다. 청마 문학관 앞 느티나무 그늘 아래 서서 가을 햇살 부서지는 섬과 바다 풍경을 한나절 보아도 좋았을 것이다. 바다와 섬과 통영 시내의 어울림을 바라보며 유치환이 거닐었던 거리의 느낌을 좀 더 매만지고 싶었다. 박경리와 김춘수와 윤이상 등 한국 현대 문학과 음악의 거장을 배출해 낸 지역의 힘과 특별함은 무엇인지 생각해 볼 시간이 있었으면 했다. 문학관에서 생가로 이어지는 돌계단의 돌들이 무어라고 자꾸 말을 걸어 오는 걸 서둘러 지나쳐 온 것도 아쉽다. 돌들로 쌓아 올린 옹벽의 모습과 담쟁이 줄기들이 나누는 대화에 귀를 기울이다 오고 싶었다. 하지만 시간에 쫓겨 다닌 것이 못내 아쉽다.

그러나 그렇게 밀려가듯 여럿이 함께 가며 아기자기한 이야기를 나누고 웃음을 주고받는 여행 중에도 문득문득

고독감은 찾아온다. 문학관을 내려와 정지용의 통영 기행 산문비가 있는 미륵산에 오르기 전 잠깐의 시간, 김춘수 유품 전시관에 들렀으나 휴관 중이어서 윤이상 기념관에 가 보자며 사람들이 발길을 돌려 몰려간 뒤에 나는 잠시 뒤처졌다. 바다를 바라본다. 분명 유치환도 저 파도를 보았을 것이고, 이 근처 어디를 이영도와 거닐었을 것이다.

> 파도야 어쩌란 말이냐
>
> 파도야 어쩌란 말이냐
>
> 임은 묻같이 까딱 않는데
>
> 파도야 어쩌란 말이냐
>
> 날 어쩌란 말이냐
>
> —「그리움」 전문

유치환의 시는 대체로 넘치는 감정을 어찌할 수 없는 분위기가 감돌고 있다. 무엇인가 가슴속에서 차오르는 걸 쏟아 내는 듯하고, 감탄적 문장과 호방한 이미지들이 넘친다. 때로는 "파도야 어쩌란 말이냐" 하고 간절한 그리움을 토해 내기도 한다. 내가 혼자 하는 여행의 고독에 대해 이야기하고 싶었던 것은 유치환이 자주 고독을 이야기했기 때문이다. 그런데 그의 글을 보면 그는 그렇게 고독한 삶을 산 것 같지는 않다. 허무에 대해서도 자주 노래했지만 허무주의자였던 것도 아니다. 그의 삶과 가장 밀접한 단어를 찾자면 아마도 '생명'이라는 말 아닐까. 물론 이 말도 정확한 실체를 찾기 어렵지만 그는 생명력이 넘치는 활동을 했고, 고독과 허무를 노래할 때도 어조는 생명이 들끓는 듯했다. 허무와 무정부주의와 애련과 자연을 이야기했지만 어쨌든 열렬히 살았던 사람이라는 인상이 강하다. 그는 사람을 좋아했고, 지도력이 있었고, 조직을 만들기도 했고, 만주로 일본으로 돌아다녔다. 사진 공부를 하고 사진관을 경영하기도 했으며, 회사원 생활도 했고, 백화점에 근무한 적도 있다. 농장과 정미소를 경영한 경력도 있으며, 교사로 시작하여 여러 학교 교장을 맡는 등 오랫동안 교육계에 몸담았다. 서울시 문화상을 비롯하여 숱한 문화상과 문학상을 수상했으며, 예술가들이 선망해 마지않는 예술원 회원을 지냈고, 조선 청년 문학가 협회 회장, 한국 시인 협회 회장, 부산 문인 협회 회장 등 여러 조직의 수장을 역임했다. 6·25 전쟁 중에는 문인들로 조직된 문총 구국대 일원으로 종군 활동에 참가하여 그 경험을 시집으로 남기기도 했다. 죽기 한 달 전쯤에는 부산 문인 협회 회장으로 재선출되었고 부산 예총 회장으로도 선출되었다.

여러 가지 일을 했다고 고독하지 않다는 것은 아니지만 적어도 그는 생활 환경이나 삶의 궤적에서 혼자였던 적이 별로 없어 보인다. 만주로 갈 때는 온 가족을 데리고 갔고, 일본에 가 있는 동안에도 고향 사람들과 어울리며 시를 발표했다. 그가 고독했다면 그것은 바쁜 삶 속에서 스스로를 돌볼 겨를도 없다가 난데없이 노래한 고독일 것이다. 너무 바빠서 고독 자체를 잊고 있다가 생각난 듯이 고독을 꺼내 보곤 한 것일까. 그의 삶은 고독을 노래할 여유가 없었다고 할 정도로 부산했고 주변에 사람들이 많았다. 그리고 죽기 전까지 20년 동안 5천여 통의 편지를 보낸 이영도가 있었다. 이영도 말고 다른 여인과 제자들에게도 편지를 썼으니 오랜 기간 그는 거의 매일 편지를 쓴 셈이다. 나의 추측으로 미루어 보건대, 그가 혼자 있는 시간이라면 교장으로 지내던 시간이 아니었을까 싶다. 아니면, 일과를 마치고 집에 있는 시간에 홀로 있었던 것일까. 그는 일제 강점기에 태어난 시인으로서는 드물게 열 권이 넘는 시집과 두

권의 산문집을 냈다. 넘치는 열정을 부산한 삶으로 풀어내고도 남는 시간에는 고독과 허무를 느꼈던 것일까. 에너지가 넘치다 보니 잠시만 혼자 있어도 고독을 견디기 어려웠던 것일까. 글을 쓴다는 것은 홀로 있을 때만 가능한 것이니 그때의 고독한 감정을 글로 풀었던 것일까. 허무 또한 마찬가지다. '군중 속의 고독'이라는 사회학자 리스먼의 개념과는 분명 달라 보이는데, 그의 고독과 허무는 어디에서 온 것일까. 파도가 와서 잔잔히 부서진다.

:

컴퓨터를 켠다. 스마트폰에 저장된 기행 사진을 컴퓨터로 옮기고 좀 더 큰 화면으로 보면서 그 순간의 기억을 되짚어 간다. 이번 문학관 기행을 가기 전에 나는 한 가지 착각을 하고 있었다. 기억의 퍼즐을 맞추어 보니 10여 년 전이었던 것 같은데, 나는 예전에 청마 문학관을 다녀왔다고 생각하고 있었다. 그 문학관은 평지에 있었다. 그런데 이번 통영 기행에서 청마 문학관 가는 길이 평지가 아니고 오르막 돌계단으로 이어지는 것을 보고 뭔가 착오가 생겼다는 걸 알았다. 알고 보니 내가 전에 갔던 곳은 '청마 문학관'이 아니라 거제의 '청마 생가'였던 것이다. 거제의 청마 기념관은 그로부터 3년쯤 지나서 세워졌는데 당시에는 생가 옆에 부지만 마련되어 있었다. 홈페이지에 들어가 보니 전시관 내부의 내용은 통영의 청마 문학관과 비슷했다. 거제와 통영이 유치환의 출생지를 놓고 법정 시비를 벌이는 동안 한 사람을 기리는 건물이 20킬로미터밖에 떨어지지 않는 거리에 각각 세워진 것이다. 출생지를 둘러싼 논란은 우리에게 별로 중요하지 않다. 다만 엄청난 거리를 두고 시비가 붙은 것도 아니고, 두 건물에 담긴 내용이 크게 다른 것도 아닌데 한 사람을 기리는 건물이 이렇게 가까운 곳에 나란히 세워진 것은 분명 바람직한 일은 아닌 듯싶다.

화면에 띄워 놓은 사진을 되돌려 보며 촉박한 일정 때문에 서둘러 지나쳐야 했던 느낌들을 다시 음미해 본다. 청마 문학관에 들어서면 먼저 발길을 사로잡는 인상적인 사진이 한 장 눈에 띈다. 통영 문화 협회 회원들의 미륵산 나들이 사진이다. 이 사진은 문화 도시 통영의 힘을 말해 주기에 충분하다. 사진 속에 한국 문화·예술계의 거장들이 몇몇 보이기 때문이다. 세계적인 음악가로 독일에서 활동했던 윤이상, 무의미 시로 한국 시 문학사의 새로운 장르를 연 「꽃」의 시인 김춘수 외에 거기 모인 화가, 연극인, 문화 운동가 들 또한 한국 문화·예술계에 크고 작은 영향을 준 사람들이다. 통영의 위상을 보여 주고 유치환의 역할을 강조함으로써 이중의 효과를 주는 사진 배치라 할 수 있다. 그 모임이 유치환의 주도로 이루어졌고, 나이도 유치환이 당시 30대 후반으로 가장 연장자였다. 그날 우리는 김춘수 유품 전시관과 윤이상 기념관을 들렀지만 모두 휴관 상태였기 때문에 아무것도 관람할 수 없었다. 그러나 사람들은 윤이상과 김춘수를 기억함으로써 통영의 문화적 힘을 몸으로 느꼈을 것이다.

청마 문학관은 크게 세 가지 주제로 전시관을 마련해 두었다. '생애'와 '문학'과 '발자취'. 이것은 다른 문학관과 별 차이가 없다. 문제는 그의 많은 시 작품 중에서 어떤 시를 고를 것이냐는 점이다. 예를 들어 아무리 작품성이 뛰어나다고 하더라도 친일 시비가 있는 작품을 걸기는 쉽지 않다는 것이다. 전라북도 고창에 있는 미당 시 문학관은 서정주의 친일 시와 독재에 아부한 찬양 시를 모두 제시함으로써 관람객의 판단을 유도하는데, 시빗거리를 문학관의 중심에 놓음으로써 논쟁을 공론화한 것이라고 볼 수 있겠다.

청마 문학관에 걸려 있는 시는 유치환 문학의 시기별 대표성을 바탕으로 선별되었다. 「귀고(歸故)」, 「소리개」, 「그리움」, 「광야에 와서」, 「체육 대회」, 「바위」, 「어시장에서」, 「행복」 등 아홉 편으로 많지 않은 편이다. 문학관 전체 규모도 다른 문학관에 비해서 그리 크지 않고 전시물도 소박하다. 이 중에서 대중적으로 가장 널리 알려진 작품은 「행복」과 「바위」일 것이다.

「행복」은 사랑에 빠진 사람들에게 널리 애송되는 작품이다. 이 시는 유치환의 시 가운데 어려운 한자어를 거의 쓰지 않은 작품이다. 유치환은 한문 지식이 꽤 있는 사람들이나 알 법한 한자어를 많이 썼다. '노스탤지어'니 '에메랄드'니 하는 외래어도 종종 사용했다. 그는 시의 기교를 중요시하지 않았지만 한자어와 외래어가 주는 과시와 낭만성을 떨쳐 내지는 못한 듯하다. 그의 시가 철학적 사유를 담은 듯이 보이는 이유 중 하나는 어려운 한자어를 사용한 것과도 관련이 있다. 그러나 「행복」에서는 그러지 않았다. 사랑하는 사람에게 하는 말까지 현학적일 필요는

없었을 것이다. 특히나 남자가 여자에게 보내는 사랑은 관념적일 수 없다. 사랑은 학문도 철학도 상징도 아니다. 구체적 대상인 여자가 있고, 시인은 그 여자에게 편지를 보내기 위해 우체국에 왔다. "세상의 고달픈 바람결에 시달리고 나부끼"면서도 그에게 한 가닥 행복의 순간은 이성에 대한 사랑의 감정이 넘치는 순간이었을까. "사랑하는 것은 / 사랑을 받느니보다 행복하나니라"라고 썼지만 상대의 사랑이 아예 돌아오지 않는 것을 전제로 하지는 않았을 것이다. 유치환이 아무리 남성적 목소리로 시를 쓰고 허무와 고독을 노래했지만 그 역시 세속의 사람이었으니까. 그가 사랑하는 여인에게 보낸 편지를 언젠가 책으로 엮을 것까지 계획하고 있었다는 이야기가 있다. 제목까지 '애정 서한집'이라 정해 놓고. 이런 달콤한 목소리의 정 반대편에 「바위」가 있다.

내 죽으면 한 개 바위가 되리라
아예 애련(愛憐)에 물들지 않고
희로(喜怒)에 움직이지 않고
비와 바람에 깎이는 대로
억년(億年) 비정(非情)의 함묵(緘默)에
안으로 안으로만 채찍질하여
드디어 생명도 망각하고
흐르는 구름
머언 원뢰(遠雷)
꿈꾸어도 노래하지 않고
두 쪽으로 깨뜨려져도

소리하지 않는 바위가 되리라

—「바위」 전문

「행복」을 쓴 사람이 쓴 시라고 믿어지지 않을 만큼 강한 의지와 결연한 다짐이 나타난다. 사랑하였으므로 행복하다고 한 사람이, 사랑에 끌려 우체국에 와서 편지를 쓰던 사람이 "애련에 물들지 않"기를 바라고, "두 쪽으로 깨뜨려져도 / 소리하지 않는 바위가 되리라"고 한다. 희망 사항이었을 것이다. 하기는 사랑의 편지를 날마다 쓴 사람이었지만 그는 일상생활과 대인 관계에서 그리 말이 많은 사람은 아니었다고 한다. 과묵했고, 체형만큼이나 묵직한 행동을 보였던 사람이라고 한다. '쓸 말'이 많은 사람이었지 '할 말'이 많은 사람은 아니었나 보다.

:

앞서 언급한 출생지를 둘러싼 시비 말고도 유치환에게는 또 하나의 시빗거리가 있다. 바로 친일 논란이다. 2009년 민족 문제 연구소가 발간한 『친일 인명 사전』에 그의 형 유치진의 이름이 올라 있지만 유치환은 없다. 유치환의 시 중에서 친일 시라고 비판받는 작품은 「수(首)」, 「전야」, 「북두성(北斗星)」, 「들녘」 등 네 편이다. 유치환이 명단에서 빠진 이유는 등재 기준에 맞지 않다고 판단했기 때문일 것이다. 일제에 협력하는 과정에서 '자발성과 적극성, 반복성과 중복성, 지속성 등이 얼마나 반복되는지, 얼마나 오랫동안 부역했는지' 등이 친일 인명 사전 등록의 핵심 기준이다. 해석이 엇갈리는 시 네 편과 짧은 산문 한 편으로 유치환의 활동을 친일로 몰기에는 미약하다고 본 것이다. 그러나 지금도 그 시비는 끝나지 않았고 해마다 되풀이되고 있다. 시는 비유와 상징적 언어의 특성으로 해시 해석이 갈릴 수 있다. 그러나 2007년 경남 대학교 교수 박태일 시인이 찾아낸 산문 「대동아 전쟁과 문필가의 각오」는 일제의 대동아 전쟁을 사실적 언어로 찬양하고 황국 신민으로서의 각오를 다지는 내용이다. 해석의 다양성을 주장할 수 없을 만큼 노골적인 친일 산문이라고 볼 수 있다. 이로써 정도의 문제일 뿐 결국 유치환은 친일 경력에서 완전히 벗어나지는 못하게 되었다. 내가 이 논란에서 한 가지 주목하고 싶은 것은 유치환을 친일파라고 주장하는 사람들이나 아니라고 하는 사람들이나 모두 친일 자체를 긍정하지는 않는다는 점이다. 이 정도의 자유로운 의견 개진이 가능해진 것도 불과 20년 안팎이다. 일제 강점기나 독재 정권 때처럼 어느 한쪽의 입을 폭력으로 틀어막을 수는 없는 시대가 되기까지 수많은 사람들이 희생되었다. 그리하여 시비는 계속될 것이다.

5

금강을 바라보고 있는 신동엽의 집

껍데기는 가라

한라에서 백두까지

향그러운 흙가슴만 남고

그 모오든 쇠붙이는 가라

신동엽 詩

껍데기는 가라

옥천에서 부여의 신동엽 문학관까지 99킬로미터. 늦가을 찬비가 내린다. 부여로 가는 차 안에서 신동엽의 시 「껍데기는 가라」를 노래로 듣는다. 백창우가 작곡하고 가수 김원중과 허정숙이 부른다. 장엄한 듯하지만 무겁지는 않은 분위기에 실려 '껍데기는 가라'가 되풀이된다. 여럿이 입을 모아 부르기도 어렵고, 술자리에서 독창으로 부르기에도 애매한 노래다. 그러나 이렇게 여행 중에 차 안에서 듣기에는 좋다. 더욱이 가을비 속에서 신동엽 문학관으로 가는 길에 딱 어울릴 만한 노래 같기도 하다. 껍데기는 가라! 비에 젖으며 흩어져 날리는 낙엽이 껍데기인가?

껍데기는 가라.
사월도 알맹이만 남고
껍데기는 가라.

껍데기는 가라.
동학년 곰나루의, 그 아우성만 살고
껍데기는 가라.

그리하여, 다시
껍데기는 가라.
이곳에선, 두 가슴과 그곳까지 내논
아사달 아사녀가
중립의 초례청 앞에 서서
부끄럼 빛내며
맞절할지니

금강을 바라보고 있는 신동엽의 집

껍데기는 가라.

한라에서 백두까지

향그러운 흙가슴만 남고

그, 모오든 쇠붙이는 가라.

—「껍데기는 가라」 전문

1970년 이후의 지식인들이라면 이 시 앞에서 적어도 한 번쯤은 자신을 돌아보았을 것이다. 그리고 1980년대 대학가의 대자보나 현수막에 걸린 이 시 앞에서 자신이 껍데기인지 아닌지를 생각해 보지 않은 사람이 몇이나 될까. 한국 시에서 '껍데기'라는 시어가 이토록 강렬한 힘을 가지고 독자를 뒤흔들었던 적이 있을까. 이 시는 1967년에 발표되었다. 4·19 혁명이 있은 지 1년 만에 5·16 군사 정변이 있고 그로부터 6년이 지났을 때이다. 민주주의를 배웠지만 민주주의 국가라고 말하기 어려웠던 독재의 시절, 게다가 분단된 나라에서 과연 누가 자신은 껍데기가 아니라고 분명하게 말할 수 있었을까. 지금 또한 '나는 껍데기가 아니다.'라고 확신에 찬 어조로 말하기 껄끄러운 시대가 아닌가. 어느 시대를 막론하고 깨어 있기를 바라는 인간은 자신을 껍데기라고 말하고 싶어 하지 않을까. 그렇다면 껍데기는 보편적이고 본질적인 화두인가. 차창에 빗방울이 떨어졌다 사라지는데 생각은 꼬리에 꼬리를 물고 이어진다. 어느 시대, 어느 환경의 문제가 아니라면 인간의 본질에 대한 질문 앞에서도 '껍데기'는 중요할 수 있다. 교사가 스스로 '나는 껍데기 교사인가?' 물을 수 있고, 아버지의 자리에서 '나는 껍데기 아버지인가?'라고 물을 수 있다. 하지만 신동엽은 그 부분을 말하고 있지는 않다. 그는 다만 4월 혁명과 동학 농민 운동과 아사달과 아사녀와 한

라와 백두와 쇠붙이를 말한다. 공동체의 문제, 한반도의 역사적 현실, 지금 이 땅에서 벌어지는 삶의 현장, 국가와 사회와 민족을 이야기한다.

대전, 유성, 세종, 공주, 청양을 지나 문학관에 이르는 데 걸린 시간은 한 시간 반 남짓. 신동엽 문학관 사무국장으로 일하는 김형수 시인이 반갑게 맞이하면서, 마침 오늘 문학관에서 결혼식이 있는 날이라고 귀띔해 준다. 문학관에서 결혼식을 올린다는 발상이 신선했다. "중립의 초례청 앞에 서서 부끄럼 빛내며 맞절할지니". 문학관 전면에 걸린 현수막이 오늘의 결혼식 분위기와 절묘하게 맞아떨어진다. 결혼식이 진행되는 장면을 잠시 지켜보았다. 그들은 지금의 '아사달 아사녀'일 터, 신동엽 시인이 있었다면 함께 즐거워했으리라.

:

1975년에 출간된 『신동엽 전집』은 유신 시대의 금서였다. 긴급 조치 위반이었다. 그 긴급 조치는 2010년에 위헌 결정이 내려진다. 헌법 재판소는 긴급 조치 1호가 '참정권, 표현의 자유, 영장주의 및 신체의 자유, 법관에 의한 재판을 받을 권리 등 국민의 기본권을 지나치게 제한하거나 침해한다'고 판결했다. '알맹이' 시인을 가두어 두지 않으면 안 되는 '껍데기들'이 두려워한 것은 무엇일까.

진보적 작가들을 비롯하여 문인들의 문학관이 활발하게 지어지기 시작한 것은 2000년대 이후다. 지방 자치가 실시된 이후에 지역의 자기 정체성 찾기의 한 방편으로 문학관이 대거 건립되었다. 대중들의 끈질긴 저항과 희생의 결과이다. 하지만 굴곡의 한국 현대사에 뒤얽힌 문제적 인물들의 삶은 그리 간단하지가 않았다. 형식적 민주주의가 확보되기는 했어도 금서의 시인 신동엽, 그를 기리는 일이 쉬웠겠는가. 그런데 김형수 시인의 말에 따르면, 문학관이 건립되기 전과 후가 많이 바뀌었다고 한다. 문학관을 세우려 할 때만 해도 지역 여론이 우호적이지 않았는데 지금은 상당히 긍정적으로 바뀌었다는 것이다. 신동엽 시비 옆의 6·25 참전 용사비도 다른 곳으로 옮겨졌고, 생가 옆에 있던 보훈 단체가 이전해 가면서 그 공간도 문학관 측에서 활용할 수 있게 되었다고 한다. 사람들의 발길도 잦아지고 지역 주민들의 의식도 변화하고 있다니 반가운 일이다.

문학관을 둘러보면서 건물 자체의 형태가 주는 신선함

과 자료의 풍부함, 공간 구성, 이미지를 설명하는 문장들에 감탄했는데 거기에는 그만한 이유가 있었다. 문학관에 전시된 자료들과 신동엽 생가는 신동엽의 부인 인병선 여사가 부여군에 기증한 것이다. 그런데 그때 조건이 있었다. 첫째는 건축을 승효상 씨에게 맡긴다는 것, 둘째는 문학관 운영을 작가들에게 위탁한다는 것이었다. 과정은 쉽지 않았다. 관에서는 기부 채납을 받으면 대체로 모든 권한을 가지려고 한다. 그러나 여사의 뜻이 완강했고, 그것을 관철하느라 꽤 시간이 걸렸다. 지금은 신동엽 기념 사업회가 문학관 운영을 맡고 있다.

인병선은 짚·풀 생활사 박물관을 설립한 사람으로 그 역시 시인이기도 하다. 승효상은 제주 추사관을 설계하기도 했는데, 추사체의 강렬함과 유배의 비극미를 결합한 듯한 건축 이미지가 나의 인상에 남아 있다. 신동엽 문학관은 지붕과 본체를 잇는 처마가 없다. 추사관도 그러했다. 지붕의 이미지가 장식적이라고 본 것일까. 그리고 옥상을 바로 지상과 연결하여 마당에서 건물 벽을 따라 돌다 보면 건물 위에 서게 된다. 지붕에 서 있다기보다 그냥 어떤 길의 한 지점에 서 있는 듯하다. 옥상에는 진달래를 심어 놓아 시 「진달래 산천」을 떠오르게 한다.

신동엽 문학관의 가장 큰 장점은 자료가 풍부하고 희귀하다는 것이다. 내가 다녀 본 문학관 중에서 소장 자료가 이 정도로 풍성한 곳은 없었다. 대개의 문학관에 전시된 유품과 자료들은 유족이 근근이 모아 둔 것이다. 그런데 신동엽 문학관에는 시인의 흔적이 고스란히 담긴 유품들이 놀라우리만큼 그대로 보존되어 있었다. 마치 그가 이처럼 추앙받을 것임을 미리 알고 차곡차곡 모아 둔 것처럼 말이다. 소학교 시절 성적표를 비롯하여 문학상에서 받은 부상품까지, '그 시대를 이해할 수 있는 박물관'이라 해도 손색이 없을 정도다. 소학교 성적표는 복사본이 아니라 시인이 학교에서 받아 온 것을 부모가 보관해 오던 것이고, 부상품은 부인이 보관해 두던 것이다. 이 밖에도 그가 생전에 읽었던 오장환 시집과 정지용 시집, 부인과 주고받은 편지, 작품 원고, 입었던 옷, 어린 시절의 사진 등 현재 전시된 것만 해도 대단한데 아직 전시되지 않은 것도 꽤 많다고 한다. 여기 '알맹이' 문학관이 있다!

:

신동엽 시비는 금강을 바라보며 서 있다. 백제교 아래, 신동엽 문학관에서 불과 1킬로미터나 될까. 나는 이곳에 세 번째 온다. 한 번은 민족 문학 작가 회의 회원들과 신동엽 문학제에 참가하기 위해 왔고(그때는 문학관이 생기기 전이었다), 한 번은 옥천의 학생들과 함께 왔다(그때는 문학관이 지어져 있었지만 개관은 하지 않은 상태였다). 지금은 자리를 옮긴 6·25 참전 용사비가 바로 옆 신동엽 시비보다 몇 배는 커다랗게 위압적인 높이로 서 있었다. 신동엽 문학제 때 소설가 최일남 선생은 시비 옆에서 신동엽의 문학 정신을 이야기하다가 개 짖는 소리가 들려오자 "항상 개 같은 소리가 문제인데 말이야." 하며 불의가 판치는 시대를 비유하며 씨익 웃으셨다.

시비 앞으로 강변이 넓게 펼쳐져 있다. 신동엽이 마루에 앉아 강을 바라보다가 산책길에 나섰다면 천천히 걸어 20분쯤 후 여기에 이르렀을 것이다. 종일 그치지 않고 내리는 빗속에 더 처연해진 시비가 비에 젖는다. 「산에 언덕에」도 비에 젖는다.

처음에는 신동엽이 태어나고 자란 부여 읍내가 내려다보이는 부소산에 시비를 세우고 시 「껍데기는 가라」를 새기려 했다고 한다. 그런데 반대하는 사람들이 있어 시비의 위치도, 시도 바뀌었다. 사람들이 별로 찾지 않는 강변에 세운 것이다. 낙화암, 고란사 등 관광객이 많이 찾는 열린 공간에다 시대의 어둠을 드러내려 했던 시인의 강렬한 외침을 세우기 싫었던 사람들이 있었나 보다. 억지로 끌어대는 것 같지만 나는 차라리 잘되었지 싶다. 신동엽은 『금강』의 시인이자 '금강'의 시인이기 때문이다. 시가 바뀐 것도 그렇다. 이곳에서 「산에 언덕에」를 읽는 맛이 그리 서글프지는 않다. 이 강변에 와서까지 '껍데기는 가라.'고 눈을 부라리기에는 저 금강의 물결이 아름답다. 차라리 껍데기를 걷어 내려고 애쓰던 이들이 이 강변에 와서 차분히 마음을

가라앉히고 힘을 얻어 돌아갈 수 있을지 모른다. "찾을 수 없"는 "그리운 얼굴" 하나쯤 가슴에 담아 두지 않은 이가 얼마나 있을까. 동학, 3·1 운동, 6·25, 4·19, 5·18, 그리고 세월호. 꼭 역사적 사건이 아니어도 사람들은 상처의 흔적들로 가득하다. 말할 수 없는 삶의 얼룩 뒤에 영영 볼 수 없는 얼굴 하나쯤 가슴에 품고 있지 않을까.

몇십 년 만이라는 가뭄에 시달리던 여름도 지나고 가을도 끝나 가는 절기 입동, 아침부터 내리던 비가 그치지 않는다. 강변의 풀과 나무 들도, 여행자의 시선도 비에 젖는다. 홀로 우산을 쓰고 둘러보는 시비는 외로워 보였지만 사각의 조형이 완고함과 강한 의지만은 감추고 싶어 하지 않는다. 너무 많은 생각을 집어넣느라 시비의 형태는 번잡했지만 설계자는 정방형의 틀을 고집한 듯하다. 여유나 유머 감각이라고는 별로 없어 보이는 조형이 그것이 세워진 시대의 특징을 보여 주는 것이기도 하고 신동엽의 이미지와도 크게 다르지 않다. 신동엽은 주로 군사 독재 시절에 활동한 시인이었고, 시대의 무게를 견디고자 한 그의 기본 정서가 의미심장함과 강고함이었을 테니까. 더구나 이념적으로 반공을 국시로 하고 '노동'이라는 말을 꺼내는 것도 위험했던 군사 정권 시절에 '쇠붙이' 없는 평화 통일과 노동을 이야기한다는 게 쉬운 일이었겠는가.

시비(詩碑)가 세워지는 과정에 시비(是非)가 많았던 것은 신동엽만이 아니었다. 6·25 전쟁 이후(어쩌면 일제 강점기부터) 대중에게 금기를 세뇌한 결과 관보다는 오히려 대중이 나서서 방해하기도 했으니까. 시민 단체들이 관을 설득하여 일을 진행하고자 해도 현지 주민들이 불편해하거나 저항했다. 시비와 문학관 건립에 제동이 걸린 일은 내 주변에도 있었다. 옥천의 경우만 하더라도 납월북 작가들에 대한 금기가 풀린 다음에야 정지용을 이야기할 수 있었다. 6월 항쟁 이후 민주화 운동의 거센 물결 속에서 납월북 작가 해금 조치가 내려진 1988년 이후의 일이다. 휴전협정이 맺어지고 나서도 35년의 세월이 흘러야 했다. 괴산에서는 홍명희 문학비를 만들고 그의 생가에 세우려 했던 것이 실패했다. 결국 괴강 가의 구석진 곳 제월대에 세웠지만 비문 내용의 일부를 수정하는 곡절이 있었다. 홍명희가 북한의 부수상으로 있을 당시 6·25 전쟁이 발발했으니 그에 대한 책임을 명기해야 한다는 보훈 단체의 문제제기 때문이었다. 보은의 오장환 시비도 사정은 비슷했다.

오장환은 해방 공간에서 월북한 시인이었으니 온전히 '빨갱이'였다. 그의 이름을 입에 올리는 것 자체에 대한 공포가 보은군 회인면을 비껴가지 않았다. 전쟁 후 한국 사회를 지배한 레드 콤플렉스는 공고했다. 시비를 만들었지만 갈 곳을 찾지 못하고 몇 년을 떠돌다 우여곡절 끝에 생가에 시비를 세우고 그 옆에 문학관을 지을 수 있었다. 지금도 그 공포심에서 자유롭지 못한 사람들이 그 마을에 살고 있다. 그래도 세상은 조금씩 변화했고, 그 변화가 우리 시대에 이루어진 것은 축복이다. 물론 그 축복의 열매는 많은 사람들의 피의 대가로 얻은 것이다. 그러나 그것도 잠깐 본 '하늘'일지 모른다. 다시 되돌아갈 수도 있다. 아니, 지금 되돌아가고 있는지도 모른다. 되돌아갔다가 또 어떤 희생을 치르고 돌아올 것이다.

:

그렇게 역사가 흐르듯이 강이 흐른다. 쉬지 않고 흐른다. 가둘 수도 없고 가두어지지도 않는 물결, 들판을 적시고 나무를 일으켜 세우고 풀을 흔들며 사람들을 불러 모았다가 흩뜨리기도 하면서 흐른다. 모래밭 아래로, 땅 아래

금강을 바라보고 있는 신동엽의 집

로 흐르다 돌연 거대한 홍수를 이루어 모두 쓸어 버린다. 껍데기가 가장 먼저 쓸려 나가지만 때로는 껍데기와 알맹이까지 쓸어 버린다. 껍데기도 알맹이도 모두 쓸어 간 자리에 강물은 다시 알맹이들을 모아 살림을 시작한다. 강이 적시고 간 들판에서 사람들이 목숨을 이어 간다. 이곳이 백제의 중심이 되었던 것 역시 강의 힘이다. 강이 강이 되려면 수많은 작은 물줄기들을 모아야 한다. 그 작은 물줄기들을 다 받아 안고 흘러야 바다에 닿는다.

내가 달려온 고속 도로는 금강이 만들어 놓은 비산비야 지대를 따라 이어지고 있었다. 옥천, 대전, 세종, 공주, 청양, 부여. 지리산 자락 전북 장수에서 발원한 물줄기가 무주를 거치고 금산, 영동, 옥천을 지나면서 속리산 서편 물을 받아안는다. 대전 북쪽을 끼고 돌 때는 갑천 물을 받아 세종을 더듬어 간다. 공주에서 곰강이 되고 부여에 이르러 백마강의 이름을 얻는다. 백두 대간의 큰 줄기로 보자면 금강은 지리산 북서쪽, 속리산 서쪽 물을 받아 흐른다. 이 금강 주변의 지역은 신동엽의 장편 서사시 『금강』의 주요 무대이다. 1893년 보은에서 동학도들이 대규모 시위(취회)를 벌이고, 1894년 옥천 청산에서 최시형은 전 동학 교

도의 총집결령(재기포령)을 내린다. 공주 우금치에서는 동학 농민군 최대의 전투와 패퇴가 있었다. 보은, 황간, 청산, 대전 등지는 동학의 물결이 넘실대던 곳이었다. 해월 최시형이 30년간 보따리(최시형의 별명이 '최보따리'였다)를 옮겨쥐고 관군의 추적을 피하면서 동학 조직을 일군 곳이기도 하고 동학 농민군이 최후를 맞은 곳이기도 하다. 신동

금강을 바라보고 있는 신동엽의 집

엽은 『금강』에 허구적 인물 신하늬를 등장시키지만 최시형, 손병희, 전봉준, 김개남, 서장옥 등 실제 인물과 역사적 사실들을 바탕으로 서사를 전개한다. 외세에 빌붙어서라도 목숨을 부지하려 했던 구한말의 쇠락한 이 왕실, 쓰러져 가는 나라의 운명을 재촉하듯 더 썩어 가는 관료들의 학정과 탐욕, 할퀴어지고 빼앗기는 농사 노동자(신동엽은 농민을 농사 노동자로 표현했다)들. 『금강』은 동학 농민 운동이 발발하기 전후의 국내외 정세와 조선 백성들의 삶을 가로세로로 엮으며 거기에 서정을 결합했다. 고부에서 시작된 동학 농민 운동이 최대 농민군을 보았던 재기포령 당시 상황을 신동엽은 이렇게 노래한다.

10월 10일
노성산에서
논산에 이르는 벌판엔
20만의
농민이 집결

낮이면

하늘을 가리는 흙먼지

밤이면

어둠을 수놓는

수천 개의 모닥불

어디서 왔는가

바위 같은 주먹,

꿈틀거리는 심줄이여,

오,

무서운 감격이여

반란이여,

오 무서운

힘이여

신이 나는 모임이여,

내일은 공주

모레면 수원

글피면 한양성

천추에
한 못다 풀
양반성의
점령이여

조국의 해방이여
백성의 해방이여

농민의,
노동하는 사람들의 하늘과 땅이여

오, 벌거벗고 싶은 감격이여
오, 위대한 반란이여,

—『금강』 제20장 부분

가뭄 때문일까. 강은 잠든 듯 흐름조차 보이지 않는다. 거친 물결 소리도 없다. 반란도 없고 감격도 없다. 점령도 해방도 말하지 않는다. '반란'은 '해방'을 이룩했는가. 불의가 판치는 세상은 갔는가. 껍데기는 가뭄 때문에 더 기승을 부리는가. 지금처럼 추적추적 내리는 비로는 이 강을 넉넉히 적실 수가 없다. 지금 강은 땅 밑으로 더 많이 흐른다. 비가 내려야 한다. 폭우가 쏟아져 내려야 한다. "쓸쓸한 마음으로 들길 더듬는 행인"(「산에 언덕에」)의 등 뒤로 개가 짖는다. 개소리는 언제 멈출 것인가.

금강을 바라보고 있는 신동엽의 집

6

1950년대 명동으로 간 박인환의 집

지금 그 사람 이름은 잊었지만
그 눈동자 입술은 내 가슴에 있네
박인환 詩 세월이 가면

이 겨울에 만나는 박인환을 무슨 색깔에 비유할 수 있을까. 겨울의 색은 당연히 흰색이겠지만 박인환의 색은 나에게 회색이다. 모더니즘의 색은 회색이라고 나는 믿는다. 파편화한 도시민들의 감수성에 기댄 문예 사조. 거대하지 않아서, 거대하지 않은 다수의 작은 개체들이 제 가슴속에 지니고 있는 것. 모더니즘은 도시의 색채이며, 시멘트 건물과 공장과 기계와 군중 들의 휘청거림이다. 인류가 농경을 버리고 편리를 위해 만든 구조물, 도시! 모더니즘과 등을 기대고 리얼리즘이 있다. 군중임을 거부하고자 하는 자들, 민중. 민중의 세계관, 리얼리즘. 모던과 리얼은 서로를 힐긋힐긋 쳐다보며 적대적 공생 관계를 맺고 있다. 운명적 연대다. 지금은 잠시 리얼리즘이 풀이 죽은 듯한 시대다. 그렇다고 모더니즘이 기가 살아 날뛰는 모양새도 아니다. 다 묶어 버리면 포스트모더니즘이 될까?

모더니스트 혹은 댄디스트로 불리던 사내의 고향이 이렇게 첩첩산중 마을이었다니! 휘날리는 넥타이를 매고 광장에 서 있는 박인환의 동상이 방문자를 맞는다. 강원도 인제. 첫 발길이다. 옥천에서 출발하여 이곳까지 오는 길은 멀었다. 그동안 다녀 본 문학관 중에서 가장 먼 곳이다. 270킬로미터. 승용차를 몰고 거의 네 시간 넘게 달려 왔다. 이렇게 먼 곳까지 와서 박인환 문학관 한 곳만 보게 된다면 아쉬웠으리라. 다행히 만해 문학 박물관, 한국 시집 박물관, 여초 서예관이 모두 인제에 있다. 만약 박인환이 태어난 시절에 옥천에서 이곳까지 오려면 대중교통을 이용해도 2~3일은 걸렸을 것이다. 걸어서 온다면 열흘은 잡았어야 하지 않을까. 일제가 주요 도시를 잇는 새로운 도로, 소위 신작로를 만들기 시작한 것이 1910년도였으니

마차가 지나갈 정도의 길이 있었겠지만 그때 인제까지는 대중교통이 닿지 않았다. 들길을 걷고 언덕길을 오르고 강을 건너고 험한 산을 넘어야 했을 것이다. 지금 이 땅은 '도로 천국'이라는 말을 붙여도 좋을 만큼 도로가 넘치지만, 경부 고속 도로에서 중부 고속 도로와 영동 고속 도로를 거쳐 여주와 홍천을 지나면서부터는 2차선 좁은 도로의 곡선이 적지 않았다. 소양호가 가까워지면서 산악 지형이 이마에 다가서고 인제에 들어섰을 때에는 이미 거대한 계곡 사이였다. 인제의 고도는 200미터 정도, 지표상 직선 거리 30킬로미터 안팎에 위치한 설악산 자락이 둘러싸고 있는 마을이다. 백두 대간의 서쪽 준령들이 절벽처럼 서 있어 문득 산에 갇힌 느낌이었다.

:

한 잔의 술을 마시고
우리는 버지니아 울프의 생애와
목마를 타고 떠난 숙녀의 옷자락을 이야기한다
목마는 주인을 버리고 그저 방울 소리만 울리며
가을 속으로 떠났다 술병에서 별이 떨어진다
상심한 별은 내 가슴에 가벼웁게 부서진다
그러한 잠시 내가 알던 소녀는
정원의 초목 옆에서 자라고
문학이 죽고 인생이 죽고
사랑의 진리마저 애증의 그림자를 버릴 때
목마를 탄 사랑의 사람은 보이지 않는다

—「목마와 숙녀」 부분

가수 박인희가 들려주는 「목마와 숙녀」는 여전히 여리고 쓸쓸했다. 왜 나는 이 목소리에 젖어 들었던가. 우리 세대가 이삼십 대를 통과하는 동안 수십 번은 들었을 목소리. 라디오 또는 테이프를 통해서 그녀의 목소리를 타고 박인환의 「목마와 숙녀」는 비처럼 내 청춘의 찻집에도 내렸다. "한 잔의 술을 마시고"로 시작하는 통속의 언술로부터 '숙녀', '술병', '별', "문학이 죽고 인생이 죽고" 따위로 이어지는 시어와 시구들. 상징도 비유도 없이 쉽고 편하게 감성의 피부를 자극하여 곧바로 감상에 젖게 만드는 시. 절친이었던 김수영이 박인환을 천박하다거나 유행이나 쫓아다닌다고 비아냥대던 이유는 아마도 박인환 시의 이런 측면 때문일 것이다. 술을 마시지 않고 들어도 술에 취한 듯한 분위기를 자아내는 시. 1970~1980년대를 청춘과 함께 통과한 우리 세대가 동경했던 도시로의 질주, 사랑과 문학, 도시 뒷골목의 음습한 퇴폐, 패배조차 아름다울 것 같던 날의 배경으로 적절한 시였다.

박인환은 이 산간 지방에서 태어나 10년 정도를 살고 나머지 삶의 대부분을 도시에서 떠돌았다. 해방 후 상경하여 종로에서 서점을 경영하면서 김광균, 김수영, 오장환,

김기림 등 당대의 시인들과 친교를 맺으며 시를 썼다. 서점을 그만둔 뒤에는 자유 신문사와 경향 신문사 기자로 일했으며, 화물선의 사무장이 되어 19일간 미국을 여행하기도 했다. 1955년 첫 시집 『박인환 선시집』을 낸 뒤 이듬해에 '이상 추모의 밤' 행사가 있던 날부터 내리 사흘 동안 술을 퍼마시다 심장 마비로 세상을 떠났다. 시에서는 감정을 살짝살짝 걷어 내고 사랑 타령을 벗어난 모더니스트일지 몰라도 삶과 죽음에 있어서는 로맨티시스트였다. 산촌에서 어린 시절을 보낸 그가 도시에 살면서 노래한 것, 거기에는 설악산 어디쯤에선가 흘러온 듯한 머나먼 고독과 겨울 산천의 음산함과 쓸쓸함이 있는 것일까. 박인환의 고독과 우울과 낭만, 그러나 열정적인 성향은 우리 세대의 인식과 닮아 있다. 도시는 고독한 생태계다. "스트립쇼 / 담배 연기의 암흑 / 시력이 없는 네온사인"(「투명한 버라이어티」)이 잠깐잠깐 고독을 잊게 할 뿐인 곳, "벽돌과 콘크리트 속에 있던 / 도시의 계곡에서"(「새벽 한 시의 시」) 우리는 살았다. 박인환의 시어는 특별히 가리키는 방향도 없이 우리를 이리저리 거닐게 한다. 그는 별 볼 일 없는 도시 빈민 청춘들의 허위의식과 욕망과 동경의 스케치북이다.

비단 박인희의 목소리 때문만은 아니었을 것이다. 시의 언어가 주는 파장이 있다. 파장이 있다는 말은 울림이 있다는 말과는 다르다. 울림이라는 말에 담긴 웅장함과는 다른 무엇이다. 버지니아 울프가 영국의 소설가이고, 평생 남편과 잠자리를 하지 않았으며, 정신 질환에 시달리다 강물에 몸을 던져 자살했다는 사실과 상관없이 그 시에서 '버지니아 울프'는 묘한 음감이 있다. [버지니아-울프], 눈으로 읽어서는 감지할 수 없는 소리의 맛. 발음 기관의 앞쪽에서부터 뒤쪽으로 옮아가는 양순음(ㅂ)과 구개음(ㅈ)의 연결과 '프' 소리가 주는 슬'프'거나 아'프'거나 고'프'거나 애달'프'거나 한 그 무엇. '프'는 우리말에서 무언가의 결핍으로 이어지는 음절이다. 그런데 박인환은 왜 이 시에 버지니아 울프를 호출해 냈을까. 울프는 내면과 싸우고, 가부장제와 싸우고, 정신 질환과 싸우고, 시대의 불의와 싸웠다. 반전주의자였으며, 새로운 여성적 감각으로 '의식의 흐름'이라는 소설 창작 기법을 만들고 스스로 완성의 경지에 올랐던 선구적 페미니스트였다. 여성이 인간으로 취급받지 못하던 시대에 여성에게도 '자기만의 방'이 필요하다고 말한 사람이다. 박인환은 아무것과도 싸우지 않았다. 그는 다만 낯선 세계를 동경했을 뿐이다. 가난을 코트 자락 속에 감추고, 고독을 씹은 채 명동 거리를 거닐며 '백작'인 체해야 했던 사람이다.

박인환은 버지니아 울프의 '싸움'을 불러온 것이 아니다.「목마와 숙녀」의 후반부 역시 특별한 메시지를 전하려기보다는 언어유희적 이미지와 발음하기 편한 시어들을 이어 놓았을 뿐이다. 버지니아 울프의 삶이 조선의 로맨티시스트 청년이 보기에 아주 모던한 것이었는지 모른다. 그녀의 삶은 21세기 현재의 시점에서 보아도 낯설고, 부부관계는 좀 뜨악하다. 모더니즘적 삶이라고 하기보다는 차라리 초현실주의에 가깝다. 지나친 말이지만 나는 박인환이 [버지니아-울프]라는 발음을 가져왔을지 모른다는 의심을 해 본다. 이 시는 지금도 시 낭송 모임에서 많이 애송되는 작품 가운데 하나다. 이 시에 동원된 자음과 모음의 특성을 분석할 것까지야 없지만, 소리 내어 읽어 가다 보면 자연스레 물결을 따라가는 듯한 음성적 운율이 있다는 것을 느낄 수 있다. 그것은 글자 수나 문장 형태의 반복으로 이루어지는 운율과는 다른 종류의 운율이다. 소리 내어 읽어야 더 맛깔나다.

⁚

박인환 문학관은 주로 시인에 관한 자료나 유품 등을 전시해 놓은 여느 문학관과는 달리 박인환과 관련된 역사적 장소를 마치 드라마 세트처럼 재현해 놓은 것이 특징이다. 10여 년 전에 EBS에서 '문화사 시리즈' 제1편으로 「명동 백작」을 방영했었다. 1950년대 명동을 무대로 문화 예술인들의 이야기를 그린 드라마인데, 박인환의 일화를 극화한 것 중에 시 「세월이 가면」과 관련된 내용이 있다. 극중에서 박인환, 나애심, 이진섭이 함께 술을 마시고 있다. 박인환이 시를 끄적인다. 나애심이 시가 좋다고 부추기고, 이진섭이 즉석에서 악보를 그린다. 잠시 후 나애심이 노래를 부른다.

아마 이런 분위기가 박인환다움을 가장 잘 보여 주는 장면이 아닌가 싶다. 그래서 박인환 문학관의 내부를 1950년대 명동의 술집 거리로 재현해 놓은 것은 적절한 선택인 것 같고, 다른 문학관과의 차별화에도 성공한 것으로 보인다. 노래가 된 가사는 발표된 시와 몇 군데 다른 곳이 있지만 아무러면 어떤가. 한두 글자 다를 뿐이다. 술을 한잔 마시며 나누는 대화와 노래, 거기 어디쯤 한두 글

자 다르다고 술맛이 가실 것도 아니고 한국 문학사 기술이 바뀔 것도 없다. 문학관에 들어와 기웃거리다 보니 정말 1950년대의 명동 거리를 거니는 분위기에 젖어 든다. 김광균, 김기림, 오장환, 정지용, 김수영 등이 드나들며 모더니즘의 꽃을 피우던 서점 '마리서사', 양줏집 '포엠', 김수영의 어머니가 운영하던 빈대떡집 '유명옥', 고전 음악 전문점으로 문학 행사의 주 무대가 되기도 했던 '봉선화 다방', 6·25 전쟁 후 명동에서 가장 먼저 문을 연 다방 '모나

리자', 집필실과 회의실까지 갖추었던 '동방싸롱', 선술집 '은성'. 박인환이 활동하던 주 무대는 바로 이 다방과 살롱과 술집이었다. '은성'에는 전혜린도 드나들었다고 한다. 그 이름을 만나는 순간 어둑한 등불 아래에 잠시 머뭇거렸다. 그렇다. 전혜린의 우울도 그러고 보니 박인환의 고독과 닮아 있다. 박인환은 이곳에서 당시 문단의 흐름의 하나였던 청록파와도 다르고 생명파와도 다르며 전쟁의 실상을 고발하는 시와도 다른 자신만의 문학 세계를 구축하고자 하였다. 그것이 바로 '좌우익의 정치적 대립에 따른 불안'과 서구 문화가 유입되면서 급격히 도시화를 향해 치달아 가던 서울의 명암(明暗)을 기록하려 했던 모더니즘 운동이다. 안내판에 설명되어 있듯이 '현대 문명의 메커니즘과 그 그늘을 형상화'하고 '자유로운 사고의 한 방편으로서 현대 문명을 비판하는' 방향 말이다.

박인환 문학관은 박인환의 명동 시대에 초점을 맞추고 있다. 선택과 집중이라고 볼 수 있다. 시인을 기념하는 문학관들이 대개 시인의 시를 열 편에서 스무 편 정도 걸어 놓고 설명하고 있는 데 반해 박인환 문학관 내부의 전시실에는「세월이 가면」한 편만 게시해 놓았다.

박인환을 모더니스트로만 한정해서 말하기는 어렵다. 그는 '인민'과 '투쟁'을 노래한 시를 남기기도 했다.

동양의 오케스트라
가믈란의 반주악이 들려온다
오 약소민족
우리와 같은 식민지의 인도네시아

삼백 년 동안 너의 자원은
구미 자본주의 국가에 빼앗기고
반면 비참한 희생을 받지 않으면
구라파의 반이나 되는 넓은 땅에서
살 수 없게 되었다 그러는 사이
가믈란은 미칠 듯이 울었다 (중략)

제국주의의 야만적 제재는
너희뿐만 아니라 우리의 모욕
힘 있는 대로 영웅 되어 싸워라
자유와 자기 보존을 위해서만이 아니고

야욕과 폭압과 비민주적인
식민 정책을
지구에서 부숴 내기 위해
반항하는 인도네시아 인민이여
최후의 한 사람까지 싸워라

—「인도네시아 인민에게 주는 시」 부분

'인민'이라는 단어가 남북으로 분단되기 전인 1948년의 작품이다. 식민지 경험을 공유한 인도네시아에 연대 의식을 드러내면서 제국주의를 비판하고 있다. 그 자신이 무언가를 쟁취하기 위한 현실 속의 열혈 투사는 아니었지만 박인환은 적어도 어느 한 시절에는 약소민족을 향하여 "제국주의의 야만"과 싸우라고 독려한 시인이었다. "우리의 모욕"이라는 시구에는 자신의 땅 조선이 겪은 식민의 통증이 어른거린다. 한 인간이 어떤 주의자가 되느냐는 선택이라기보다 조건에 의한 결과라는 게 나의 생각이다. 6·25 전쟁 중에 종군 기자로 활동할 당시 박인환은 휴머니스트였다. 전쟁의 참상을 직접적으로 고발하거나 선전 선동을 하기보다는 전쟁의 비극과 그로 인한 고통을 이야기했다. 전쟁의 아픔을 노래하는 그 순간만큼은 박인환도 고독과 낭만을 접어 두었다. 스무 살 때 해방을 맞은 그에게 일제 강점기보다 더 끔찍한 일은 전쟁이었던 것이다.

:

문학관 밖으로 나오면서 건물 외벽에 써 놓은 「목마와 숙녀」를 보았다. 박인환을 느끼게 하는 데 성공한 인상적인 구성이었다. 그러나 좀 아쉬웠다. 박인환 문학의 전반

을 소개하는 일이 앞으로의 과제가 되지 않을까 생각했다. 최근의 문학관 건립이 기본적으로 대중적 요구에 기댄 측면이 있지만 그렇다고 해서 대중의 요구만큼만 해서는 안 된다. 대중의 요구를 확장하고 고양하는 게 문화 사업의 역할이다. 굳이 구조물까지는 새로 설치하지 않더라도 박인환 문학의 전반을 이해할 수 있는 부분을 좀 더 보강할 필요가 있지 않을까. 지역에 따라서는 문학관이 유일하게 지역 문화의 거점 역할을 하는 경우도 있다. 민속 박물관 등과 같은 소규모의 지역 아카이브는 대개 그 지역에 한정된 것으로 그친다. 그러나 문학을 기리는 경우에는 그 작가의 삶과 문학적 성과가 한국 문학 전체와 연결된다. '동네 시인'을 기리는 문학관을 세운 예는 없기 때문이다. 적어도 지금까지 세워진 모든 문학관은 어느 정도 한국 문학의 중심이었거나 중요한 영향을 끼친 작가들을 기리고 있다. 따라서 그 지역 사람들이 자기 고장 출신 인물을 통해서 당대의 삶과 한국 문학을 볼 수 있게 되는 것이다. 우리나라처럼 문화 아카이브가 취약한 경우에는 더욱 그렇다. 그동안 내가 다닌 문학관과 생가 중 작가가 살던 공간이 옛 모습 그대로 남아 있는 경우는 신동엽의 살림집 정도다. 우리 역사가 과거의 흔적을 보존하기 어려웠던 수난의 연속이었음을 실감한다. 20세기 초에 태어난 작가들의 문학관이 대부분이지만 가난한 농어촌 출신들인 그들의 유적과 유품의 수명이 길 수 없었던 서글픈 사정이 있다.

박인환의 고향 인제에 왔고 그의 생가 터에 왔지만 생가는 물론이고 그의 실제 흔적을 찾을 수 없었다. 전국 대부분의 문학관이 처한 현실이기도 하다. 소설가 전상국이 일본, 러시아, 프랑스, 영국 등지의 문학관을 둘러보고 나서 "작가의 생가나 집필 장소를 확장해 당시의 흔적을 온전히 보존, 공개하고 있어 인상적이었다. 낡고 좁은 계단, 삐걱거리는 마루, 낡은 장갑 등 생전의 모든 흔적이 가치 있는 문화 유적이고 어디든 그 작가의 삶을 추억할 수 있다면 그곳이 바로 박물관이었던 것이다."라고 한 말은 그래서 더 아프게 다가온다. 문학관 기행의 아쉬움 때문만이 아니라 거기에 우리 역사의 어둠이 어른거리기 때문이다. 외침과 전쟁으로 문화유산의 파괴가 끊이지 않았던 우리 민족사 말이다.

1950년대 명동으로 간 박인환의 집

7

영월 어느 산골짜기 김병연의 집

그른것옳다하고옳은것
그르다함이늘그른것도아니고
옳은것옳다하고그른것
그르다하는것이게시비거리라네

是非非是是非非
是是非非是是非

김삿갓 詩
김성장 붓

수년 전에 우연히 난고 김삿갓 문학관을 들른 적이 있다. 호기심 말고는 아무런 관심을 두지 않은 방문. 목적을 가지고 찾아간 것이 아니라 동해에서 부석사로 넘어가는 길에 문학관 팻말이 눈에 띄어 들러 본 것이다. 오늘은 '일부러' 이곳을 찾아왔다. 지난번의 호기심에서는 약간 벗어나 있지만 그렇다고 작정하고 김삿갓을 깊이 들여다보려는 마음은 아니다. 좀 어정쩡한 자세라고나 할까. 난고 김삿갓 문학관을 기행의 대상으로 할까 말까를 고민했다. 내가 찾아다닌 문학관은 대개 20세기를 살다 간 시인들을 기리고 있다. 윤동주, 이육사, 김수영, 박인환 등 우리 아버지나 할아버지뻘쯤 되는 세대의 사람들이다. 비록 일제 강점기에 태어나 일본어와 일본 문자를 익혔지만 지금 우리가 쓰는 현대어와 한글을 사용하여 시를 쓴 시인들이다. 당연히 지금의 우리말과 크게 다르지 않은 말투이고, 어쩌면 우리에게 가장 직접적인 영향을 준 시 언어의 창조자들이라고 할 수도 있다. 물론 언어학자 고종석이 지적한 대로 그들이 성장 과정에서 익힌 일본말 투의 영향이 지금의 우리말에 들어와 있다는 사실을 인정해야겠지만 말이다.

김삿갓은 19세기 초 인물이다. 한글의 문자적 특성을 발견한 최초의 시인이며, 우리말의 소리를 한자와 섞어 기발한 시를 지었다. 어느 상대가 한글 자음 ㄱ, ㅇ, ㄹ, ㄷ을 가지고 운을 띄우자 그는 즉석에서 맞받아친다.

腰下佩ㄱ 허리에는 ㄱ을 차고

牛鼻穿ㅇ 쇠코에는 ㅇ을 꿰었더라.

歸家修ㄹ 집으로 돌아가 ㄹ을 닦아라.

不然點ㄷ 그렇지 않으면 ㄷ에 점을 찍으리라.

ㄱ은 '낫', ㅇ은 '코뚜레', ㄹ은 한자 '몸 기(己)'를 의미하고, ㄷ에 점을 찍으면 '망할 망(亡)'이 된다. 뒷부분은 '집으로 돌아가서 수양을 제대로 하지 않으면 망할 것'이라는 조롱이다. 김삿갓은 한글 자음을 형상물과 연결시킨 최초의 시인이다. 가히 천재다. 다음 시도 우리말 소리의 재미를 바탕으로 하고 있다.

此竹彼竹化去竹 이대로 저대로 되어 가는 대로
風打之竹浪打竹 바람 치는 대로 물결치는 대로
飯飯粥粥生此竹 밥이면 밥 죽이면 죽 생기는 대로
是是非非付彼竹 옳은 건 옳고 그른 건 그르고 붙이는 대로
賓客接待家勢竹 손님 접대는 집안 형편대로
市井賣買歲月竹 시장 장사는 시세대로
萬事不如吾心竹 모든 일 내 마음 같지 않은 대로
然然然世過然竹 그렇고 그렇고 그런 세상 그렇게 지나는 대로

언어유희가 넘친다. '차죽(此竹)'은 '이대로'이고 '화거죽(化去竹)'은 '되어 가는 대로'다. '죽(竹)'이라는 제목의

이 시는 한문으로 쓰였지만 한글 시다. 한문을 소리 내어 읽어도 '죽'으로 이어지는 운율이 멋들어지지만 훈독으로 읽으면 그대로 우리말 시가 된다. 한자의 뜻과 소리를 섞어 이렇게 자유롭게 우리말을 다룬 김삿갓을 '시인'이라고 하지 않을 수 없다. 벌써 모더니즘이 싹트고 있었던가.

김삿갓은 주로 한문 시를 썼다. 말이나 언어나 김삿갓은 한자어 사용자이고, 중세어라고 할 수는 없겠지만 현대어 사용자라고 하기도 어려운 사람이다. 한자! 참 논란이 많은 주제다. 지금도 우리는 한자를 일부 사용하고 있고 국한(國漢) 혼용을 주장하는 이들도 있지만, 한문은 일제강점기에 이미 공식 문서에서 퇴출되었고 지금은 아무도 한문을 쓰자고 주장하는 이가 없다. 구닥다리, 퇴물인 셈이다. 지금도 지방 문화제 같은 곳에서 한시 백일장을 열고 있다고 하지만 그것이 우리 시 문학의 중심이 된다거나 중요 담론을 생산해 내고 있지는 못하다.

나에게는 한문 사용자로서의 김삿갓에 대한 거리감이 있었다. 좀 재미있는 시를 몇 편 써서 대중적 인기를 얻었던 인물이 아닌가 하는 비하와 문학적으로나 역사적으로나 중요하게 다루어질 인물은 아니라는 도외시가 있었다.

영월 어느 산골짜기 김병연의 집

한문으로 쓰인 문학에 대한 거리감이 일면 문화적 손실이기는 하겠지만 번역의 문제를 뛰어넘기도 힘들고 사유와 감각 자체가 이 시대의 정서와는 다르다. 우리가 이미 서양의 언어와 사유 체계에 깊숙이 감염되어 있기 때문이 아닌가 싶다. 더구나 우리는 중국 중심의 아시아 세계가 서구의 힘에 패배한 근대의 경험을 지나온 이후의 세대이기에 우리의 과거를 일단 서구 문화보다 한 수 접고 보는 경향을 체화하였다.

어쨌든 김삿갓은 문제적 인물이나 문제적 시인은 아니었다는 판단이 나의 의식에 있었다. 그런데 난고 김삿갓 문학관 기행을 준비하면서 그 생각을 바꾸어야 했다. 그는 문제적 인물이었다!

•
•

내가 김삿갓의 시를 처음 만난 것은 고등학생 때인 것으로 기억한다. 어디서 굴러다니다 내 손에까지 들어왔는지 모르겠는데, 인쇄 상태도 조악한 데다가 종이 질도 떨어져 색이 다 바래 누렇게 된 『방랑 시인 김삿갓 시집』이라는 책이었다. 그러나 풍자와 언어유희가 번득이는 시의

내용만은 세상의 빛과 그림자를 어렴풋이 알아 가던 어린 독자의 관심을 끌었다. 그렇게 책으로 만난 김삿갓의 첫 인상은 '웃기는 시인'이었다. 읽어 가는 동안 나도 모르게 입가에 실실 웃음이 흐르게 만들었다. 인간의 위선을 조롱하고 허위를 까발리는 내용이 한시의 운율에 가득 실려 있었다. 그 시절 내가 알 만한 한자라고는 거의 없었지만 우리말 해석만으로도 재미를 맛보기에 충분했다. 그 뒤로도 김삿갓의 시집은 『한석봉 천자문』, 『만세력』, 『꿈 해몽법』 등과 함께 시장 바닥 좌판에 항상 끼어 있는 책 중의 하나로 오다가다 눈에 띄었다. 대나무 지팡이를 들고 하늘을 가리는 대삿갓을 쓴 김삿갓이 어느 산길을 걸어가는 표지 그림이 지금도 눈에 선명하다.

어떤 경로를 통해서든, 어떤 형식과 내용을 지니고 있든, 이런저런 연유로 방랑 시인 '김삿갓'이라는 고유 명사는 우리들의 뇌리에 박혀 있다. 여러 출판사에서 그의 시집을 내는 것이야 그럴 만하다고 여겨지지만 당대의 내로라하는 작가들이 김삿갓을 소설로 형상화한 데에는 어떤 열기마저 느껴진다. 정비석은 '풍류 소설'이라는 이름으로 여섯 권짜리 『소설 김삿갓』을 썼고, 고은은 세 권짜리 장편 소설 『김삿갓』을, 이문열은 『시인』을 썼다. 이외에도 김삿갓을 다룬 책들이 무수하고, 대중가요 「방랑 시인 김삿갓」이 나온 지는 수십 년이 지났다. 영월군은 2009년 김삿갓 일가가 살던 화동면을 김삿갓면으로 바꾸었으며, 영월 문화 재단은 2001년 '김삿갓 문학상'을 제정하여 해마다 시상하고 있다. 김삿갓이라는 인물이 한 시대를 풍미한 단순한 인기 작가였다면 이러한 관심이 생기기는 힘들었을 것이다. 김병연이 태어난 시대로부터 200여 년이 지난 지금까지 김삿갓이라는 이름이 이어져 오는 비밀은 무엇일까. 그를 김삿갓이라고 부르는 것과 김병연이라고 부르는 것은 또 어떤 의미와 차이가 있는 것일까.

:

우선 대중들 사이에 널리 알려진 것과 문헌적 사실 몇 가지를 간추려 보자. 알려진 것들은 김삿갓의 본명이 김병연이라는 것, 영월 향시(鄕試)에서 자신의 할아버지를 할아버지인 줄 모르고 비난하는 시를 써서 급제했다는 것, 그 사실을 알게 된 후 조상을 뵐 면목이 없어 삿갓을 쓰고 세상을 떠돌며 수많은 시를 쓰고 일화를 남겼다는 것이다. 사실을 확인해 보면 이렇다. 그의 할아버지 김익순은 무신으로, 홍경래의 난 때 반란군에게 항복한 일로 처형되었다. 김병연이 향시에 참가한 것은 김익순이 처형된 지 15년 정도가 지났을 무렵인 것으로 보인다. 그때 썼다는 시가 전하는데, 칠언시이며 36행에 이른다. 시제는 '정가산의 충성스러운 죽음을 논하고, 김익순의 죄가 하늘에 이르렀음을 한탄하라(論鄭嘉山忠節死嘆金益淳罪通于天).'라는 뜻이다.

김병연에 관한 문헌적 기록은 당대의 몇몇 사대부가 풍문으로 김삿갓 이야기를 듣고 쓴 것이다. 불과 몇 장이 되지 않는다. 김삿갓이 김병연이라는 사실도 확실한 근거 자료가 있는 것은 아니다. 김삿갓이 썼다는 수백 편의 시를 모두 김삿갓이 썼는지도 불확실하다. '김삿갓 시'라는 것

의 출발이 사방에 떠도는 시를 김응수라는 한 사람이 전국을 돌며 모아 놓은 것이기 때문이다. 1939년에 출판된 『김립(金笠) 시집』에는 180여 수가 실렸고, 1941년에 출판된 개정 증보판에는 330여 수가 수록되었다. 김삿갓이 한 사람이라고 단정하기 어렵다는 주장도 있다. 또 그가 남긴 시의 대부분은 구전된 것이 많아 변형 과정을 거쳤다고 의심되기도 한다. 문헌적 정확성을 가진 것은 후대 사람들이 남긴 것인데, 그것 또한 그가 썼다는 것을 증명하기 어려운 것들이 있다.

문득 김삿갓이 나에게 한마디 하는 것 같다.

是是非非非是是　옳은 것 옳다 하고 그른 것 그르다 함이 꼭 옳은 건 아니며
是非非是非非是　그른 것 옳다 하고 옳은 것 그르다 해도 꼭 옳지 않은 건 아니다.
是非非是是非非　그른 것 옳다 하고 옳은 것 그르다 함이 늘 그른 것도 아니고
是是非非是是非　옳은 것 옳다 하고 그른 것 그르다 하는 것 이게 시빗거리라네.

옳은 걸 옳다 하고 그른 걸 그르다고 하는 게 시빗거리라는 걸 안다는 것은 옳고 그른 게 없다는, 즉 어떤 것도 실체가 없다는 불교적 무상론(無相論) 전 단계 수준쯤은 되는 것 같다. 나는 지금 김삿갓과 김병연을 두고 진짜[是]와 가짜[非]를 논하고 있다. 나는 어느 수준인가. 「시시비비(是是非非)」라는 시가 김삿갓의 것인지, 그 김삿갓이 김병연인지 나는 확언할 수 없다. 문헌 근거로 따지면 김삿갓이 김병연이라고 단정하기 어렵다 할 수도 있겠다. 그런데 김병연은 생몰 연대(1807~1863)가 확인된다. 그의 아들 익균이 전라남도 화순에서 사망한 부친의 시신을 수습하고 영월로 모셔와 장례를 지냈다. 김삿갓이 남긴 시 가운데 과거 시험 공부를 했던 이력의 소유자가 쓴 시(과체시 또는 공령시)가 상당수 있다는 걸 보면 김병연이 김삿갓이라는 걸 굳이 부인할 필요는 없는 듯하다. 김삿갓 흉내를 낸 자들이 있다고 하는데, 그렇게 해서 겨우 공짜 술이나 한잔 얻어먹었을 것이다. 문제는 '진짜 김삿갓'이 지닌 순발력과 재치, 언어 구사력, 박식함은 얼치기가 흉내 낼 수 있는 정도가 아니라는 것이다.

진짜 여부를 가리는 학문적 엄밀성은 그럴 때보다 좀

더 포괄적인 의미를 캐내려는 방향으로 작동해야 할 것 같다. 설령 김삿갓이 김병연이 아니라고 해도 시는 남는다. 그것이 누구의 것이든 그 시대에 떠돌던 시가 있다. 그 이유를 물어야 할 것 같다. 물론 김병연이 김삿갓인 것이 더 매력적이고, 풍자시와 김병연 가문의 몰락은 스토리텔링의 감동을 강화한다. 쇠락한 양반과 권력 투쟁에서 밀려난 사대부들, 그리고 하층민들이 멸문(滅門)과 폐족(廢族)의 이야기가 담긴 희작(戲作)과 풍자의 언어에 열광할 만하다. 거기에 각자의 감정을 투사하기 좋았을 것이다. 무능하여 몰락한 자들은 자신의 신세를 위무하는 재료로, 능력이 있는데 밀려난 자들은 세상의 불의를 비꼬고 꾸짖는 도구로 삼았을 것이며, 밑바닥 인생들에게는 힘 있는 자들을 조롱하는 즐거움을 주었을 것이다. 어떤 무능은 무능을 가리는 변명의 도구로 이용할 수도 있는 게 비판 아니던가. 그런데 그 시의 생산자가 체제로부터 퇴출당한 인물이니 풍자에 비극미가 더해진다.

확실한 것은 김삿갓이라는 이름의 한 시인이 사람들 입에 오르내리던 시대가 있었고, 그가 이 땅의 구석구석을 돌아다니며 한 줌의 언어를 생산했으며, 당대의 서정과 공감했다는 것이다. 김삿갓이라는 이름을 달고 19세기 조선 후기 사회에 번졌던 그 풍자와 언어유희, 그리고 어느 방랑자의 '방랑'이 존재했다는 사실에 방점이 있다. 체제에서 밀려나고 관직에서 소외된 것은 타자에 의한 것이지만 홀로된 어머니와 아내와 자식을 두고 떠난 것은 자신의 선택이었다. 방랑은 오직 걸어서만 한 곳에서 다른 곳으로 옮겨 갈 수 있던 시대의 여행이다. 정처 없음의 사상이고, 직립과 보행의 힘이 이룩한 여행 양식이다. 자동차로는 방황을 할 수 있어도 방랑은 할 수 없다. 걷는 자만이 몸과 풍경의 섞임을 경험할 수 있다. 나의 문학관 기행은 아마도 방랑이 될 수 없을 것이다.

김병연은 김삿갓이 되어 시와 술을 벗 삼아 떠돈다. 어떤 날은 황홀했고 어떤 날은 멸시와 푸대접을 받는다. 어떤 날은 산에서 자고 어떤 날은 헛간에서 잔다. 스님과 양반을 비꼬고, 훈장을 비아냥대고, 사랑을 구걸하고, 때로는 육두문자가 가득한 글도 쓴다. 벼룩도 노래하고 개도 노래하고 고양이도 노래하고, 한글과 한자를 가지고 놀면서 거의 모든 것을 재료로 삼아 시로 요리한다. 육두문자를 날려도 한자의 뜻을 실어 놓았으니 상대는 화가 나

기 전에 먼저 그 기막힌 언어 구사력에 감탄하고 만다. 그는 선경후정(先境後情)을 시의 본령이라고 생각하던 사대부들이 자연을 음풍하고 노동 없는 삶의 나날을 농월하던 틀에서 훨훨 벗어나 잡다한 일상을 노래한 사실주의 시의 개척자이기도 하다. 어쩌면 한국 문학사에서 '시인'이라는 말을 붙일 수 있는 첫 문학인일 수도 있다. 김병연은 우리말의 소리가 가진 문학적 힘과 한자든 한글이든 문자 그대로의 시각적 이미지로 어떤 정서를 표현할 수 있다는 걸

알아챈 사람이다. 한자의 틀을 깨는 파자(破字)의 방법에서도 단연 탁월했다. 그는 한곳에 머물지 않고 30년 넘는 세월을 떠돌았다. 진정한 방랑아였다.

:

김삿갓의 시는 체제와 권력의 핵심을 향해 칼을 들지는 않았지만 비꼬기를 즐겼다. 그의 시에 저항의 개념은 없다. 그는 체제에서 밀려난 것이지 체제를 거부한 것이 아니다. 풍자시를 쓰기는 했지만 겨우 하급 관료나 힘없는 중, 시골 훈장 정도를 비아냥댔다는 얘기다. 권세를 휘두르는 양반이나 무위도식하는 선비를 신랄하게 비판했던 풍자야 이미 한 세기 전에 연암 박지원이 이룩한 성과가 있었고, 『청구영언』에 실린 민초들의 외침 속에도 관리들의 행태가 묘사되어 있으니 새로운 것은 아니었으나, 김삿갓의 시는 당대의 전위였고 아방가르드였다.

풍자란 무엇인가. 비꼬고 찌르고 들었다 놓았다 웃기는 얘기다. 코웃음이고 비아냥이다. 핵심은 풍자의 주체와 대상이 대체로 약자와 강자로 나뉜다는 것이고, 풍자는 약자의 생산물이라는 것. 좀 똑똑한 약자의 무기이다. 체제에 편입되지도 못하고 체제에 맞서지도 못하고 말이라도 좀 해야 사는 약자의 것. 무식한 약자는 그냥 살다 죽는다. 강자는 풍자를 가질 필요가 없다. 강자의 표정은 비웃음 없이 긍정과 부정 중 하나만 선택하면 된다. 풍자의 풍은 '풍자할 풍(諷)'이지만 '바람 풍(風)'과 같다. 겨우 바람으로 찌르는[刺] 것이다. 풍자의 생산과 소비는 모두 약자들의 것이다. 비꼬기만 하면 삭막하니 웃음을 섞는다.

이제 나는 왜 사람들이 김삿갓에 열광했느냐를 물어야 한다. 김삿갓이 개인 사정 때문에 세상을 떠돌며 시를 썼다는 사실보다 중요한 것은 그가 그 시대 사람들에게 받아들여졌다는 점이다. 사회 체제의 모순이야 어느 시대인들 없었겠는가마는 조선이 해체되어 가던 19세기는 곧이어 닥칠 왕조 해체의 징후들이 번지던 시기이다. 조선 후기, 19세기는 그나마 힘을 발휘하던 성리학적 이념을 세도 정치가 어지럽히고 있었고, 농민 반란이 왕성하던 시기였다. 관리 등용에서 차별받던 관서 지방의 양반층을 중심으로 홍경래가 일어선 것이 19세기 초이고, 조선 역사상 최대의 농민 봉기(동학 농민 운동)가 일어나기까지 농민들의 저항은 그치지 않았다. 19세기 중엽 진주 민란이 일어날 무렵

경상도·전라도·충청도 지역 대부분의 군현에서, 그리고 부분적으로 경기도·함경도·황해도 등지에서도 민란이 있었다. 가진 것 없는 자들은 떠나야 한다. 떠나고 싶은 세상에서는 방랑이 필요했다. 보통의 인간들은 떠나고 싶지만 일상을 삶의 전부로 삼고 그냥저냥 살다 간다. 방랑이라는 단어라도 있어야 했다. 방랑 시인 김삿갓! 시대는 김삿갓이라는 인물을 요구했다. 김삿갓은 그 벌판을 떠돌아다녔다. 혼란과 뒤틀림의 심사가 가득하던 사람들 사이를 헤집고 다니며 여기저기 자신의 시로 그 서정의 꼭지들을 건드리고 다닌 것이다.

문학관 내부를 둘러보고 나오니 산 그림자가 길다. 모두 산악에 둘러싸여 있지만, 난고 김삿갓 문학관은 만해문학 박물관과 박인환 문학관보다 더 좁다란 계곡 사이에 있다. 소백산과 태백산 사이, 주변에 곰봉·형제봉·마대산·어래산이 둘러싸고 있다. 김병연이 설령 역적 집안의 운명에 얽히지 않았더라도 이 산골짜기에 처박힐 수는 없었을 것 같다. 어찌 그 파격과 파자와 희작이 한 뼘 산골짜기 사이에 끼어 낑낑거리고 있을 수 있겠는가. 그가 탈 없는 양반 가문에서 자라 벼슬살이를 했다 하더라도 그냥 얌전

한 양반만은 되지 않았을 것 같다. 김병연은 이곳을 벗어나 김삿갓이 되었다. 나는 집으로 돌아가기 위해 골짜기를 떠난다. 김병연은 집을 버리기 위해 이 골짜기를 떠났다. 나는 무엇을 버릴 수 있는가.

8

안성평야에 쌓아 올린 조병화의 집

'깊이'를 강요하지 않는 문장, '가벼운' 분위기, '짐'이 되지 않겠다는 태도, '어렵지' 않은 시어. 조병화의 시는 그렇게 나의 의식 속에 자리하고 있다. 그를 연구한 학위 논문으로는 석사 논문과 박사 논문이 각각 한 편씩 있다. 서정주, 조지훈, 박목월, 박두진 등 선배 시인들과는 아예 비교 대상이 안 될 것이고, 박사 학위 논문만 60여 편에 이르는 동갑내기 김수영과 비교하면 조병화에 대한 연구자들의 무관심이 의아할 정도이다. 논문의 편수가 작가의 문학적 위상을 결정하는 것은 아니지만 논문 연구가 얼마나 이루어지고 있느냐 하는 것은 작가에 대한 후학들의 관심이 어느 정도인지를 보여 주는 한 지표가 될 수 있다. 결론적으로 말하면 조병화는 후학들에게 주요 연구 대상이 아니다. '문제적 작가'는 아니라는 얘기다. 박사 논문의 경우 어떤 작가를 연구할 것인가는 중요한 과제다. 조병화 연구를 권하는 교수도 별로 없는 모양이다. 석사 논문조차 한 편밖에 없다는 사실이 이를 반증한다. 그의 시에는 문학사적 의미나 작품 자체의 의미를 더 파헤쳐 보고 싶은 '깊은 유혹'이 결핍되어 있는 것 같다. 나에게도 그의 시는 그렇게 매력적이지 않다. 내 사유의 어느 모퉁이를 건드리거나 감성의 안쪽을 아프게 자극하지 않는다. 열렬한 서정을 불러오지도 않고, 멋들어진 가락이 느껴지지도 않는다. 다만 편하게 읽힌다. 그는 독자들에게 무엇을 애걸하거나 하소연하지 않고 독백인 듯한 시를 썼다.

:

조병화 문학관을 둘러보고 나오면서 두 가지 생각이 엇갈렸다. 어떤 의문은 해결된 것 같았고, 어떤 의문은 더 깊어졌다. 조병화는 우리나라에서 유일하게 작가가 살아 있을 때 문학관을 지었다. 터를 본인이 제공하고 문학관 건축비를 국가가 지원했다. 신동엽 문학관도 유족 측에서 터를 제공했는데 시인이 타계한 지 40년이 지난 뒤에야 개관한 것과는 대조적이다. 문학관으로 오는 동안 이 지역의 평평한 땅이 눈에 들어왔다. 안성평야 지대다. 평택역에서 내려 안성 시립 보개 도서관 2층의 박두진 자료실을 둘러보고 나서 버스를 타고 오는 동안 도로는 거의 높낮이가 없었다. 차창 밖으로 내다보이는 산들은 대개 멀리 떨어져 있거나 가까운 산들도 겨우 코끝에 걸리는 정도의 높이였다. 조병화의 생가이자 그가 말년을 보낸 집터는 그 평평한 길가의 야트막한 산 아래 마을에 있었다. 산이라기보다는 언덕이라고 하는 게 맞겠다. 마을 이름이 우아하게도 '난실(蘭室)'이었다.

문학관의 전시 내용과 자료를 작가 스스로 정리했다고 한다. 특이한 경우다. 글을 쓰는 사람들의 보편적인 바람으로 보자면 자신의 문학관을 짓고 거기에 자기 삶의 과정과 유품이 전시되는 것을 원치 않는 사람은 드물 것이다. 그러나 실제로 그렇게 하는 사람은 흔치 않다. 물론 조병화가 스스로 그런 일을 하지 않았더라도, 사후에 후배 시인과 제자들, 그리고 그를 따르던 사람들이 그를 기리는 어떤 형태의 일을 했을 것이라는 생각은 든다. 그는 그럴 만한 문학적 역량을 보여 주었고, 교과서에 시가 실릴 만큼 대중성도 있다. 교수를 하는 것이야 흔한 일이지만 한국 시인 협회 회장, 대한민국 예술원 회장, 한국 문인 협회 이사장, 인하 대학교 명예 교수를 지내고 아시아 자유 문학상, 한국 시인 협회상, 서울시 문화상, 3·1 문화상, 예술

원상 등의 문화상과 문학상을 수상하고 국민 훈장 동백장과 모란장, 금관 문화 훈장 등의 훈장을 받는 일은 그리 흔한 게 아니다. 또 문학성에 대한 평가를 접고 본다 하더라도 100여 권에 이르는 책을 냈다는 것도 한국 문학사에서는 드문 일이다. 시집만 53권이다. 살아 있는 동안 자신의 호를 딴 편운 문학상을 제정하기도 했다. 그는 그림 전시회도 자주 열었다. 문학관에 전시된 시화 작품들은 본인의 시를 자신의 손으로 쓰고 그림을 그린 것이다. 그의 글씨는 호물거리는 듯 올망졸망한데, 조잘대며 흘러가는 물결 같은 분위기다. 그림은 소묘와 유화를 즐겨 그렸는데, 대부분 프랑스 인상파의 그림을 더 문질러 놓은 듯 산과 나무와 바다 그리고 추상적 형상들을 파스텔 톤으로 처리했다. 시도 글씨도 그림도 강렬한 그 무엇이 없다. 자신이 낭송한 음성 시집도 있다. 참 부지런한 시인이다. 대개 작가가 죽은 뒤에 뒷사람들이 하는 일을 조병화는 모두 직접 하고 죽었다. 남김없이 모든 것을 하고 남김없이 '자기'를 살다 갔다.

풀린 듯한 첫 번째 의문은 그것이었다. 왜 그의 시가 그렇게 밋밋하고 싱거웠을까. 그의 시에는 단독자로서의 인간이 지닌 숙명적 고독과 쓸쓸함은 보이지만 사회와 인간 관계에서 생기는 갈등은 잘 보이지 않는다. 내면의 고독도 집요하거나 심오한 듯한 분위기로 폼을 잡지 않았다. 사랑도 죽음도 허무도 고독도 쉬운 언어로 썼다. 쉽다는 것이 깊이 없음을 뜻하는 것은 아닐진대 쉽게 읽히면 그냥 쉬운 시로 여기는 습성이 나에게도 있는 것 같다.

그가 어린 시절과 말년을 보낸 집을 보자 그가 누린 안온이 느껴진다. 성장 이후의 사회적 성취와 행적을 더듬어 가면서 그의 시가 충분히 그럴 만하다는 생각이 들었다. 그의 삶에는 부족과 결핍과 갈등이 보이지 않는다. 설령 환경적 결핍이 있다 하더라도 그것을 결핍으로 느끼지 않는 타고난 기질이었는지도 모른다. 그의 집안은 일제 강점기에 경성 사범 학교에 갈 형편이 되는 유한 계층이었다. 서울에서 어머니의 뒷바라지로 공부하면서 '어려운' 사정이었다고 했지만 종의 딸과 함께 이사했다는 걸 보면 그것이 경제적 궁핍으로 인한 어려움은 아닌 것 같다.

그는 어머니를 '나의 종교'라고까지 표현했다. 어머니의 사랑을 무한으로 받은 경험이야 흔한 것이겠지만 그것을 '종교'라고까지 표현하는 건 좀 특별나다. 그의 무덤 옆에는 어머니의 무덤과 아내의 무덤이 나란히 있다. 여덟 살 때 아버지가 돌아가신 뒤 홀어머니 슬하에서 자란 그는 『어머니』라는 시집을 내기도 했는데, 시집 제목을 아예 '어머니'라고 지은 간곡한 마음을 수긍한다고 하더라도 신파의 냄새를 지우기 어렵다. 「이름하여 편운재」에서 "당신을 수시로 뵐 수 있는 자리 골라서 / 당신의 묘막 / 깎아서 세웠습니다."라고 노래한 것에서도 알 수 있듯이 그는 어머니를 곡진하게 흠모했다. 이 시대에 어머니를 그리워

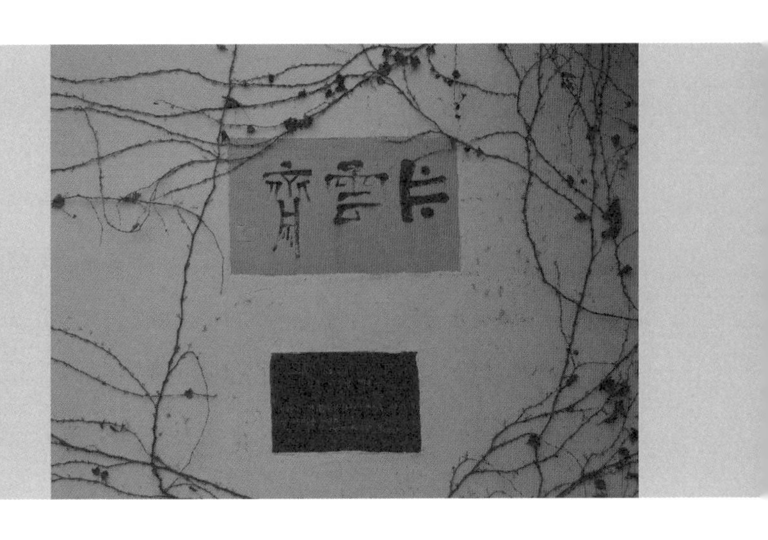

하며 묘막을 짓다니! 묘막이란 조선 시대 유자(儒者)들이 부모상을 당했을 때 시묘살이를 하기 위해 묘 옆에 짓던 집이 아닌가.

조병화는 일제 강점기에 태어나 한국 현대사의 굵직한 사건들을 겪어 왔지만 어디에도 연루되지 않았다. 그런 것에 연연하지 않은 것인지 초월한 것인지 회피한 것인지는 모르겠으나 그렇게 살았다. 시대와의 불화를 소재로 시를 쓰지도 않았다. 다만 사랑과 죽음, 고독과 허무와만 불화했고, 그 불화를 넘으려고 방황했을 뿐이다. 그렇다고 그가 시대와 어떻게 관계 맺었는지를 전혀 말하지 않은 것은 아니다. 해방 공간의 사회 상황에 대해 그는 "1945년 8월 15일은 확실히 당신과 나의 나라, 우리들의 나라, 우리의 나라, 우리의 조국의 기쁜 날이었다. 모든 것이 탁 터져 넘치던 날이었다. 삼천만의 눌린 진달래, 독립이 시작되던 날이었다. 그러나 그 기쁨도 한때, 흥분 속에 떠오르던 하얀 물거품, 도도한 두 물결은 혼탁되어 흰 물결, 붉은 물결, 검은 물결, 무어가 무언지 모르는 카오스의 물바다가 되어 버렸"다고 말한다. 이어서 "나는 어느 편도 아니었다. 나는 어느 편에도 끼지 못했다. 실은 어느 편에도 끌 수가 없었다. 이것도 이것이 아니고, 저것도 저것이 아니고, 그것도 그것이 아니었기 때문"이었다고 한다. 그리고 "다만 있는 것은 '나'"이고, "끝끝내 나는 나였기 때문에 지녀야 했던 이 혼자, 이 혼자의 외로움" 속에서 "나는 나를 살았다"고 한다. 그렇게 그는 자기를 끌어안고 산 것이다. 거기엔 사람과 사람 사이에 생기는 갈등과 사회가 만들어 내는 고통이 비집고 들어갈 여유 공간이 없었다. 안으로 안으로 들어가 자기 '홀로'와 지낸 것이다. 어디에 자극이 있었겠는가. 조병화 시의 편안함은 그의 삶의 조건이나 삶의 이력과 나란히 가고 있었다. 그는 전쟁의 상흔도 이렇게 기록한다.

일그러진 땅을 다시 디디곤
목련화가 핀다.

목련화를 가꾸다
따발총에 쫓겨 간 소녀는 소식도 없이
보얀 군화 끝에 나비가 앉는다

—「목련화」 부분

그의 시적 카메라 렌즈는 군화 끝의 나비에 다가간다. 「목련화」는 전쟁이 진행 중이던 1952년에 펴낸 시집 『패각의 침실』에 수록된 작품이다. '무자극 시'의 근원이 무엇인지 그 실마리가 보이는 듯했는데 다른 의문은 더 어지러워졌다. 허무를 노래한 시인이 생전에 문학관을 짓고 자신의 그림과 시집과 담배 파이프와 가지고 놀던 럭비공과 훈장과 해외여행 비행기 표까지 하나하나 꼼꼼하게 정리하여 전시해 놓았다. 유치환의 남성적 외로움과는 결이 다른 조병화 식 고독과 허무. 그런데 묘한 것은 두 시인 모두 현실에서 지위와 명예를 거의 다 이루었다는 것이다. 허무를 노래하면서 섬세하고 꼼꼼하게 자신의 삶을 정리하는 것은 뭔가 어울리지 않는다. 고독하고 외로워서 그 방황의 시간에 무언가를 정리하고, 현실의 지위와 명예에 순응하는 것인가.

:

조병화는 이과 출신이다. 대학에서 물리와 화학을 전공하고 교단에서 물리와 수학을 가르쳤다. 어려서부터 그림을 그렸고 달리기를 했다. 보편적으로 그림을 내성적인 사람들의 취향이라고 할 때 그는 좀 특별한 기질의 사람이다. 고독과 허무의 시적 정서가 비집고 들어갈 틈이 없어 보이는 수학적 세계와 육체적 단련의 기본이 되는 달리기를 했다는 것. 대학 시절에는 럭비 선수로 조선을 대표하여 일본 원정 경기를 다녀오기도 했고, 무려 17년간이나 대한 럭비 축구 협회 이사로 있었다. 인천 중학교와 서울 중학교 재직 시에는 럭비부를 창설하기도 했다. 그림전도 쉬지 않고 열었는데, 유화전과 시화전 등 20회가 넘는 개인전을 가졌다. 외국어로 번역된 시집도 20여 권에 이른다. 숙련된 서체는 아니지만 붓글씨도 썼다. 지금처럼 여행이 자유롭지 않던 독재 정권 시절에도 그는 교수이자 시인이라는 공적 신분으로 미국, 프랑스, 브라질, 스위스, 일본 등 30여 나라를 돌아다녔다. 몇 개의 선으로 간단하게 그린 것이긴 하지만 그가 그린 사회 저명 인사들의 초상화로 한 권의 책을 엮기도 했다. 한 인간이 이렇게까지 다양한 일을 하면서 살 수 있을까 싶게 그는 '봄처럼' 부지런히 살았다. 그의 기억 속에 아주 인이 박이도록 어머니가 말씀하셨다는 '살은 죽으면 썩는 것'이라는 주문 때문일까. 그는 문학, 미술, 체육, 수학, 과학 등 서로 다른 특성의 분야에서 두루 활동했다. 부지런하게 무언가를 했다. 부지런함과 고독은 무슨 상관관계가 있을까. 고독해서 부지런해야 했는가. 부지런한 사람은 고독할 시간도 없을 듯한데 그는 부지런함과 고독의 거리를 오가며 그 많은 저서와 행사와 그림과 여행과 뒷정리까지 세상의 숱한 일에 관여했다.

그의 누리집도 유별난 데가 있다. 약력만 10페이지가 넘는다. 문학관이 있는 국내 작가들 가운데 가장 긴 설명이다. '친절한' 조병화 시인은 시로 쓰는 자서전 『세월은 자란다』를 남겨 나처럼 바쁜 독자를 배려해 주었다. 그가 어떻게 살았는지, 시작 방법과 학습 편력은 어떠했는지, 무엇을 사랑하고 누구를 만났는지 보려면 이 책을 따라가면 된다. 아내와 사이가 좋지 않았던 이유, 세상일에 간여하고 싶지 않았던 이유, 술집 작부를 잠시 마음에 품었던 이야기는 가볍게 읽고 가자. 그의 권유대로 작별을 쉽게 하려면 너무 깊이 알면 안 되지 않는가.

그는 시인으로 등단하기 위해 신춘문예에 응모하거나 잡지의 추천을 받는 방식을 택하지 않았다. 바로 시집을 출간하면서 시인의 길에 들어섰다. 시작 경향으로 보아 그가 잡지의 추천을 받거나 신춘문예를 통해 등단하려고 했다면 아마 어려웠을지도 모른다. 그의 시는 추천을 받거나 공모를 통해 문학적 경쟁을 거치기에는 좀 '시(詩)답지 않은' 면이 있다. 안이한 시로 비쳤을 것이다. 그러나 누군가의 선별 대상이 되어 시인의 길로 들어서기보다 바로 시집을 내서 독자와 문단의 평가를 요구했던 그의 방법이 진정한 시인의 자세에 가깝다고 볼 수도 있다. 그는 문학적 조류에 영향받지 않고 평생 비슷한 문체의 시를 썼다. 그것도 그 나름의 문학적 경향이라고 할 수 있겠다.

어쨌거나 그는 평생 고독했던 것일까. 그 고독의 뿌리가 어디에 있는지 깊이 다가가지는 못하겠다. 그는 너무 외롭고 고독해서, 그 고독을 너무 아끼고 사랑해서 내가 가까이 다가가 그 고독의 둘레를 흩뜨리면 안 될 것 같다. 그의 고독은 도시인들의 휴대용 고독 같은 인상이 짙다. 비참한 고독이 아니라 뿔뿔이 흩어져 떠돌이로 살아가는 현대인들의 생활용품 같은 고독이다. 인류가 농경 정착민으로서의 사회 구조와 삶의 양식을 해체하고 노마드적 생존 시스템을 구축하기 시작한 이후 고독도 유목의 한 소지품으로 배치해 놓으려고 했다면, '편운(片雲)'은 조각구름 신세의 인류를 대표하고 싶었는지 모른다.

안성 시내버스 정류장에 조병화의 시가 걸려 있다. 안성을 홍보하는 안내판에 '금광 호수', '칠장사', '미리내 성지' 등 안성 팔경을 사진과 함께 제시하고 그 아래 '안성의 문인'으로 조병화의 시를 써 놓았다. 관광지의 멋진 풍광과 역사 유적지를 안내하면서 유한한 인간의 고독과 이별을 노래한 시 「하루만의 위안」이 어울릴 듯 말 듯, 한 자

리에 있다. 조병화는 삶의 기쁨과 용기를 잃었던 시절에 자살을 생각하며 이 시를 썼다고 했다.

잊어버려야 한다
진정 잊어버려야만 한다
오고 가는 먼 길가에서
인사 없이 헤어진 지금은 누구던가
그 사람으로 잊어버려야만 한다
온 생명은 모두 흘러가는 데 있고
흘러가는 한 줄기 속에
나도 또 하나 작은
비둘기 가슴을 비벼 대며 밀려가야만 한다

—「하루만의 위안」 부분

조병화의 시는 난해하거나 공격적이지 않지만 그의 심리적 풍경조차 그리 고요한 것만은 아니었다. 이러한 서러움과 화를 다스리며 그가 문학적으로 풀어낸 시가 바로 「추억」이라고 한다. 작곡가 김성태가 이 시에 곡을 붙였는데, 백남옥의 가녀린 목소리가 조병화 시의 한 서정을 우리에게 속삭여 준다. 결국 시인 자신의 삶과 연결시켜 보면 '아니꼬운 인간'들을 잊자는 것이지만 시에서는 잊을 대상을 명시하지 않음으로써 잊어버릴 그 무엇이 있는 사람들을 다양하게 자극하고 있다. 그의 시가 갖는 대중성의 힘이 여기 어디쯤 있을 것 같다.

조병화가 그만의 독자들을 거느린 것은 현대를 살아가는 인간 감성의 한 부분을 감당하려 했기 때문일 것이다. 그의 서정은 동시대인들과 함께 만들어 낸 것이다. 그가 한국 근대사의 광풍에 연루되지 않으면서 자신의 문학 세계를 만들어 갔듯 대중들도 그렇게 살았다. 설령 역사의 비정상 상황에 연루되었다 하더라도 그것을 자신의 문제로 떠안는 자들은 일부다. 일부가 저항하거나 비판한다. 다수의 사람은 그렇게 역사의 바깥에 실존했다. 본래 세상이 '더럽고 아니꼬운' 것이라고 푸념해 버리면서 말이다. 어쩌면 거기가 역사의 안쪽인지도 모른다. 조병화가 자살을 생각하며 수면제를 주머니에 넣고 다닌 적도 있다는 사실이 이러한 포즈의 한 증거일 수 있다. 절대 허무를 노래한 그가 자살을 하고 싶었던 이유는 6·25 전쟁 중에 부산에 피난 가 있으면서 떠오른 공포 때문이었다고 한다. 인민군과 국군이 낙동강에서 대치 중일 때 제주도나 일본, 미국으로 떠나는 사람들이 있었다. 그때 그는 언제 인민군이 부산을 점령할지 모른다는 공포와 함께 '잡혀서 죽느니보다 자살하는 것이 낫다'고 생각한다. 인민군이 인텔리와 문인들을 죽일 것이 뻔하다고 생각했다는 것이다. 삶의 황혼, 시대의 황혼, 전쟁의 황혼, 시인의 황혼, 조병화의 황혼. 절대 순수를 노래하고 싶은 시인에게 체제와 이데올로기는 성가시고 귀찮고 아니꼬운 대상일지도 모른다. 그토록 이별을 노래했지만 정치적 무리와의 이별을 위해서는 수면제를 준비하는 방법이 효과적이었나 보다. 그는 산문에서는 때로 신경질적인 말투를 내보이기도 했지만 시에서는 줄곧 '허무', '고독', '무상'의 이미지를 연출했다.

국어 교사로 있는 동안 해마다 봄이 오면 나는 교과서에 실린 그의 시 「해마다 봄이 되면」을 아이들과 함께 읽었다.

해마다 봄이 되면
어린 시절 그분의 말씀
항상 봄처럼 부지런해라

땅 속에서, 땅 위에서

공중에서

생명을 만드는 쉼 없는 작업

지금 내가 어린 벗에게 다시 하는 말이

항상 봄처럼 부지런해라

—「해마다 봄이 되면」 부분

봄이다. 어디로든 가서 무엇이든 해야 할 것 같은, 고독하고 쓸쓸한 봄이다. 고독을 주머니에 넣고 가자.

9

바람 같은, 돌 같은 박두진의 집

해야 솟아라
해야 솟아라
말갛게 씻은 얼굴
고운 해야 솟아라

박두진 詩 해
기서하 행복

곧 입춘이다. 봄이 오기까지 날씨는 왜 그리 변덕을 부리는 것일까. 소리 소문 없이 조용히 바뀌면 안 되나. 비를 뿌리다, 눈이 오다, 바람이 불다, 눈비가 내리다, 햇빛이 쨍나다, 하루에도 대여섯 번씩 표정을 바꾼다. 사진 속 박두진의 얼굴에는 봄을 싫어하는 겨울의 몸부림 같은 스산한 바람이 분다. 눈가에는 선득선득한 눈발이 흩어진다. 깡마른 얼굴의 대명사이거나 까칠한 지식인의 상징적 표정 같다. 도수 높은 안경 너머로 가느다란 눈이 속내를 분명히 드러내지 않은 채 파르르 떨고 있다. 그의 표정에는 모든 진실을 남김없이 까발리겠다는 듯한 김수영의 눈빛이나 윤동주의 사진에 서려 있는 슬픔 같은 아우라가 없다. 나는 직접 박두진을 만난 적이 없으니 실물이 주는 느낌은 모르겠다.

계절이 바뀌는 시간에 박두진의 고향을 찾아가는 것은 그의 이미지와 잘 어울린다. 이 글을 쓰기로 했을 때 나는 왜 그의 사진에 대해서 먼저 말하고 싶었을까. 얼굴 사진에는 독특한 색깔이 있다. 김소월의 사진은 차라리 없는 게 나을 뻔했다는 엉뚱한 생각이 든다. 그의 사진을 보는 순간 "산에는 꽃 피네 / 꽃이 피네"의 가녀린 음성이 둔탁하게 바뀌는 체험을 했다. 서정성이 풍부한 사진을 꼽자면 단연 윤동주의 사진이다. 슬픔을 머금은 듯한 여린 표정, 그러나 굳게 입술을 다문 사내가 사진 속에서 고개를 약간 기울이고 있다. 근래의 작가들 중에서는 기형도의 사진이 인상적이었다. 웃는 모습인데 슬픔을 자아내는 그의 얼굴도 문학적 아우라가 가득하다. 이쯤 되면 사진은 이미 사진이 아니라 한 편의 서정시다.

사진 속의 박두진은 강팍한 인상이다. 엄숙하고 진지하

며, 내면의 완고함을 꼭 쥐고 있는 듯하다. 신앙인이지만 목회자는 아니고, 결기가 굳은 지사이지만 무기를 든 혁명가는 아닌 표정. 그의 사진은 서사시다. 웃는 사진도 있는데 그것은 왠지 어색하다. 잘 웃지 않는 사람이 어쩌다 웃을 때의 어색함이 있다. 잘 웃지 않는 사람은 웃는 근육이 별로 없기 때문에 갑자기 웃을 때 주변 근육이 힘겹게 모이느라 피부가 긴장하는 것 같다. 그 어색함이 주는 원시적 느낌이라니. 본래 자연에는 웃음이 없다 했던가.

:

현재 박두진 문학관은 없다. 안성 시립 보개 도서관에 혜산 박두진 자료실이 있을 뿐이다. 조병화 문학관은 이미 오래전에 세워졌는데 박두진 문학관이 없다는 것이 의아했다. 박두진은 대중적 관심도도 낮지 않고 문단에서의 위상이나 평가도 높다. 한국 문학사를 기술하는 경우 조병화는 빠지기도 하지만 박두진이 빠진 예는 보지 못했다. 안성시 문화 관련 담당자에게 물었더니, 박두진 문학관은 2018년 하반기 개관 예정인 상태인데 그동안 계획보다 진행이 늦어진 이유는 잘 모르겠다고 한다. 무슨 사정이 있었을까. 얼핏 그의 얼굴 사진이 스쳐 가면서 그의 품성과 기질이 겹쳐졌다. 지위와 명예에 욕심이 없는 사람이 있을까마는 그는 현실적으로 그리 많은 욕심을 낸 것 같지는 않다. 시에 대한 욕심이 가장 컸던 것일까. 예술인들에게 주어지는 명예라고 한다면 가장 크다고 할 만한 대한민국 예술원 회원 자격을 마다했다거나 대통령의 부인이 문학 수업을 받고 싶다고 했을 때 사양했다는 일화도 이어서 떠올랐다.

안성 땅에 처음 발을 딛는다. 평택역에서 내려 버스를 타고 안성 시립 보개 도서관으로 가는 길 내내 하늘이 뿌옇다. 평택 시내를 벗어나면서 띄엄띄엄 멀리 보이는 아파트와 길가의 상점들, 그 사이로 벌판이 스쳐 가고 저만큼씩 야트막한 산들이 있다. 이 도시는 그동안 내가 다닌 문학관이 있는 도시 중 어느 곳과도 비슷한 이미지가 없다. 벌판뿐이다. 그 벌판은 광야라 하기에는 좀 작고, 들판이라 하기에는 좀 황량하다. 계절 탓도 있으리라. 한남 정맥과 금북 정맥, 두 개의 산줄기 사이에서 황해까지 펼쳐진 평야의 시작점이 안성시 보개면이다. 이곳에 내린 비는 한강이나 금강으로 가지 못하고 안성천으로 흐른다. 그 끝에 아산만 방조제가 생긴 것이다. 우리나라 중부 지방의 평야가 겨울을 건너면서 드러내는 특성, 황량함. 서울을 오가며 열차에서 보았던 안성평야의 이미지이다. 우리가 어린 시절 배우던 안성평야는 지금 평택평야라 한다는데, 황량한 이미지에는 'ㅍ'과 'ㅌ'이 이어지는 평택평야가 어울린다. 계절이 바뀌는 지금의 날씨가 그 황량함을 더해 준다. 1920~1930년대 무렵에도 이 혼돈스런 날씨는 아마 박두진의 유년을 덮고 있었으리라. 산을 넘고 벌판을 지나온 바람이 뺨을 스친다. 청룡산과 사갑들이다. 안성 읍내를 벗어나 외곽에 위치한 보개 도서관으로 간다. 박두진은 어릴 때 생가를 떠나 보개면으로 왔다. 그가 태어난 집터는 지금 안성 여자 중학교 운동장으로 쓰이고 있다니 해를 좋아한 그의 시심에 잘 어울리는 것 같기도 하다. 흐릿한 하늘 사이로 부옇게 햇살이 잠깐 비치더니 이내 사라진다. 앳된 얼굴의 여학생들이 지금 그 운동장에서 햇살처럼 반짝이고 있을까.

보개 도서관이 가까워진다. 박두진이 소년기를 보낸 동네 고장치기(보개면 동신리)는 특이한 이름이다. 빈한(貧寒)의 냄새와 밑바닥, 변두리의 냄새가 난다. 열여덟 살 때 서울로 가기까지 이 벌판에서 그는 시심을 키웠다. 그의 시에서 느껴지는 강렬하면서 묵직한 리듬감은 이 벌판의 바람에 기원하고 있으리라. 박두진의 호는 '혜산(兮山)'이다. '있는 그대로의 산'이라는 뜻이다.

도서관 입구에서 바라본 주변 풍경은 그리 안온하지 않다. 안성평야는 사막이 아니니 불모의 땅일 수는 없는 것. 그러나 황해를 건너오는 대륙의 바람과 백두 대간을 넘어온 북서의 바람은 이곳에서 늘 어지러웠을 것이다. 지금은 북서 계절풍의 시간, 안성의 봄은 건조한 바람으로 뒤덮인다고 했다. 지금은 또 입춘지절, 봄[春]을 세우려고[立] 하지만 만만하지가 않다.

:

박두진의 시에는 긴 시들이 많다. 장시집 『아, 민족』도 있다. 「거미와 성좌」는 9쪽에 달하고, 「인간 밀림」, 「가을 절벽」, 「수석 영가」 등은 7~8쪽에 가깝다. 4~5쪽에 이르는 시는 수두룩하다. 그 긴 호흡을 지루하지 않게 끌고 가는 든든한 에너지는 박두진 시의 경우 리듬이다. 같은 이미지를 반복하거나 같은 문장 구조, 같은 단어를 되풀이하거나 단어들을 나열한다. 「거미와 성좌」에서는 "이것은 고독 / 이것은 절망" 하는 식으로 '이것은'을 무려 스무 번이나 되풀이한다. 박두진 시의 대상이 자연에서 역사와 현실로, 역사와 현실에서 신앙으로, 그리고 다시 자연으로 옮겨 가는 과정에서 일관되게 변하지 않는 것은 이 리듬감이다. 반복은 심장의 소리를 닮았다고 하는데, 거기에 그는 언어 자체를 동적인 것들로 배치한다.

이제는 일어나야 할 때다.

이제는 잠자던 의식의 나뭇가리에 활활 불을 당겨야 할 때다.

이제는 죽은 듯 식어져 차가웁던 잿더미에서
푸드득푸드득 불사의 새 새끼들을 날려 올려야 할 때다.

—「불사조의 노래」 부분

일어나라.

나무여. 잠자는 산이여. 돌이여. 풀이여. 땅 버러지여.
물이여. 웅덩이여. 시내여. 바다여.
이러한 것들의,
죽음이여. 넋이여. 얼이여. 영이여.

—「봄에의 격(檄)」 부분

언어와 이미지가 꿈틀거린다. 근육질의 동물적 상상력과 거세게 몰아치는 바람의 에너지가 넘친다. 고요히 가라앉지 않고 솟아오른다. 멈추지 않고 달려가며 쉬지 않고 펄럭인다. 박두진의 시심은 용광로와 같다. 대상이 무엇이든 거기에 불을 지른다. 자연을 노래하든 예레미야를 노래하든 혁명을 노래하든 돌덩어리를 노래하든 그의 시는 전반적으로 동적이다. 그 역동의 불길은 역사와 만나는 순간 가장 격렬하게 타올랐다.

자료실에 들어서자 문학잡지에 실린 산문이 맨 먼저 눈에 들어온다. 4·19 혁명의 도화선이 되었던 3·15 마산 의거 직후에 박두진이 쓴 글이다.

무슨 일이 꼭 일어날 것만 같다가 기어이 일어난 것이 마산 사건이었다. 그러한 불안한 예감과 피비린내를 풍기는 살벌하고 무거운 공포와 암묵의 분위기 속에 조마조마하던 긴장의 절정, 그 가장 팽창된 초점에서 폭발해 터진 것이 3·15 마산 사건이었다. (중략) 처음 사건을 보도한 신문을 보는 순간 우리는 불의의 '아!', '드디어……' 하는 비장한 탄식을 목구멍 저 밑바닥으로부터 발했고 다음 순간 몽둥이로 개짐승처럼 두들겨 맞고 무차별 사격에 의한 총탄에 맞아 쓰러진 어린 중학생, 고등학생, 소녀, 부녀자들의 처참한 죽음의 정경을 알린 대목에 이르러서는 모골이 송연하고 전신의 피가 거꾸로 솟구치는 격분을 느끼지 않고는 견딜 수가 없었다.

'민중의 항거와 마산 사건의 반성'이라는 부제를 단 「우리는 우중(愚衆)의 나라인가」라는 글의 일부이다. 이 글을 쓸 때 그는 사십 대 중반이었다. 박두진은 시국에 촉각을 곤두세우고 있었다. 그는 문단 조직의 계보로 보자면 김동리, 서정주 등과 함께 우파였지만 친독재이거나 친일은 아니었다. 김응교 시인은 『박두진의 상상력 연구』에서 이를 "지사적 선비의 자기 지키기"라고 말한다. 박두진은 거리의 행동가는 아니었으나 시국 관련 서명에 참여하거나 글로써 표현할 수 있는 현실 발언을 지속했다. 지식인으로서 할 수 있는 최선의 방식으로 현실에 개입하고자 했다. 박두진이 정지용 문학상 제1회 수상자가 된 것은 어떤 의미에서는 정지용의 정신을 잇고 있는 것일까. 친일의 오점을 남기지 않고 근대의 암흑기를 근근이 견디다 결국 남북 대립의 제물이 된 정지용의 시 정신이 환생한 것일까.

박두진의 불꽃은 어디에서 발화했고 그 화염의 땔감은 무엇이었을까. 나의 생각은 먼저 그의 누이에 닿는다. 박두진이 열여덟 살 때 서울로 올라가 측량 기사로 취직해서 홀로 지내고 있을 때 청주 제사 공장에서 직공으로 일하던 누이는 사흘돌이로 열 장이 넘는 편지를 써 보냈고, 동생을 기독교 신앙으로 이끌었다. 자연히 박두진 시의 출발은 누이라고 해석할 수 있겠다. 박두진이 초기부터 내부에 용암을 지니고 있었다는 판단도 가능하다. 그는 1939년 정지용의 추천으로 등단한 이후 거의 시작 활동을 하지 않았다. 아니, 하지 못했다. 기약 없는 암흑기, 일제 강점기였기 때문이다. 해방이 되고 나서야 박목월, 조지훈과 함께 『청록집』을 내고, 이후 '청록파'라는 이름으로 문학사에 남는다. 박두진의 초기작에는 "확확 치밀어 오를 화염"(「향현(香峴)」)과 "무덤 속 화안히 비춰 줄 그런 태양"(「묘지송」)이 나타난다. 그가 내장하고 있던 자연은 박목월의 고요하고 간결한 자연이나 조지훈의 고풍스러운 멋을 지닌 자연과 결이 다르다.

자료관에 걸린 박두진의 붓글씨를 본다. 오랫동안 붓을 다룬 듯한데 정통으로 배운 운필은 아니다. 혼자 쓰고 익혔을 것이다. 그의 한글 붓글씨는 깡마른 이미지와는 다르다. 획은 뼈를 세워 썼지만 한글 자음 이응 자를 큼직큼직하게 써서 전체 이미지가 겨울나무 같지는 않다. 큼직한 이응 때문인지 어떤 덩어리가 뭉글뭉글 흘러가고 있는 듯한 분위기를 만들어 낸다. 유려하기로는 한자가 앞선다. 한글보다 장법(章法)도 좋고 획도 단단하다. 그러나 한문 글씨들은 행초서여서 알아보기 어려웠다. 문인들 가운데 한글 서예는 서정주의 글씨가 맛깔스러운 고풍을 지녔고, 한자는 김동리의 글씨가 기본을 갖추었다. 평론가들 중에서는 구중서의 글씨가 무기교의 넉넉함을 보여 준다.

돌! 문학인을 기리는 전시관에 이처럼 돌이 놓인 곳은 없다. 가장 의아했던 부분이다. 왜 박두진은 돌에 마음을 주었을까. 돌멩이를 사유의 대상으로 삼고 이렇게 많은 시를 쓴 시인은 없다. 바위가 부서져 내려 구르고 구르면서, 부딪치고 부딪치면서 물에 씻겨 만들어진 자연물, 돌. 꽃처럼 화려하지도 않고 별처럼 선명한 상징과 이미지를 주지도 않는다. 강물이나 바람처럼 역동적인 사물도 아니다. 우리에게 쉽게 말을 걸지 않는 대상이다. 가장 단단한 것과의 대화, 가장 무뚝뚝한 것과의 대화다. 박두진 시의 역동적 서정에서 가장 거리가 멀어 보이는 물체, 돌.

돌들이 날더러 비겁하다고 한다.
돌들이 날더러 어리석다고 한다.
돌들이 날더러 실망했다고 한다.

돌들이 날더러 눈물 흘리라고 한다.
돌들이 날더러 피 흘리라고 한다.

돌들이 일제히 주먹질한다.

돌들이 일제히 욕설 퍼붓는다.

돌들이 나를 향해 돌을 던진다.

—「수석(水石) 회의록」 부분

여기의 돌은 역사적인 돌이다. 화자를 꾸짖고 공격하는 돌이다. 이상을 꿈꾸지만 그것을 이루지 못한 자의 탄식이 배어 있다. 시적 주체가 복수형 '돌들'로 표현되어 있는 이 시에서 나는 민중적 집단의 외침을 듣는다.

돌과 돌들이 굴러가다가 나를 두들기고,

모래와 모래가 쓸려 가다가 나를 두들기고,

물결과 물결이 굽이쳐 가다가 나를 두들기고,

—「자화상」 부분

여기서는 자신을 돌 속에 집어넣었다. 돌이 되고 싶은 화자는 시인 자신과 일치했을까. 꽃잎도 바람도 가랑비도 싸락눈도 "나를 두들기고", 분노와 회의와 고독과 절망이 "나를 두들기고", 양심과 정의, 진리와 자유, 평화 그리고 예술과 나사렛 예수가 "나를 두들기고" 간다고 했다. 말하자면 그가 걸어온 시의 길, 자연과 현실과 역사와 예술과 신앙이 모두 자기를 두들긴 대상들이다. 화자와 시인이 일치하는 대목이다. 제목을 '자화상'이라 했으니 이 시는 분명 박두진의 삶을 이야기한 것이다. 그는 산천을 떠돌며 많은 돌을 모았고, 수석만을 소재로 한 시집 『수석 열전』을 펴내기도 했다. 돌 자체에서 얻은 어떤 위로가 있었을

것이고, 돌처럼 산으로 강으로 다니는 동안의 위안도 있었으리라. 돌은 나에게 별 감흥이 없지만 박두진의 '수석' 시들은 뜨겁다. 내가 만약 돌을 소재로 시를 쓰려면 돌을 바라보며 돌처럼 굳어질 정도의 사유와 관찰을 감내해야 할 것이다.

박두진의 시가 돌을 닮은 면이 있기는 하다. 풍자와 야유와 조롱이 없는, 유머도 해학도 욕설도 농담도 비꼼도 한마디 없는 시, 돌멩이 같다. 그럼에도 그의 시가 죽죽 읽히는 것은 힘찬 리듬과 뜨거운 서정이 넘치기 때문이다. 농담도 없이 가는 그의 시가 위치하는 곳은 성지를 찾아 떠난 순례자가 온몸에 땀을 적시며 세 걸음 걷고 한 번 절하는 자리다. 간절하고 열렬한 기도이자 이상향을 찾아가는 신성한 남루이다. 저곳에 분명 우리가 가 닿아야 할 어떤 세계가 존재한다는 확신을 가진 수행자.

:

도서관을 나서며 입구에 세워진 그의 시비 앞에 선다. 시비에 새겨진 「고향」은 "고향이란다. / 내가 나서 자란 고향이란다."라고 시작한다. "고향이다. 내가 나서 자란 고향

이다."라고 말하는 것과 다른 뉘앙스가 있다. 그에게 고향은 애틋하거나 소중하거나 심각한 대상은 아니다. 보편 가치와 절대 진리를 추구하는 그에게 고향은 고향이라는 객관 대상 그 이상도 이하도 아니다. 고향을 사랑하지 않은 것은 아니지만 그는 특정 지역으로서의 고향이 아니라 한 인간이 태어난 곳이라는 보편적 의미로서의 고향을 받아들인 것 같다.

버스를 갈아타고 돌아오는 길, 좀 허전하다. 이제 개관 예정이라고는 하지만 박두진 문학관은 없는데 산자락에 아담하게 잘 가꾸어진 조병화 문학관을 보자 괜한 쓸쓸함이 몰려온다. 세상일이 대체로 그러하다.

박두진은 좀 특이한 유언을 남겼다. 자신이 죽었을 때 울지 말라는 것, 여행을 떠나는데 왜 우느냐고, 영정 사진도 웃는 것으로 걸어 달라고 했다는 것이다. 유족은 그 뜻을 따랐다고 한다. 평생 진지한 시를 쓴 시인의 마지막 노력이 아니었을까. 한 번쯤 덜 진지해 보이고 싶은 안간힘으로서의 유머? 그러나 왠지 시원한 웃음이었을 것 같지는 않다. 웃음도 습관인데 그는 웃음 근육이 별로 발달되어 있지 않았을 테니까.

10

길이 모이고 흩어지는 신석정의 집

그 먼 나라를
알으십니까

신석정 詩
그 먼 나라를 알으십니까
김성장 씀

서울을 삶의 터전으로 잡지 않았다는 점에서 나와 신석정은 같다. 잠시 서울에 머물렀다는 점에서도 그렇다. 그러나 신석정은 문학과 더 큰 공부를 위해서 서울로 갔다가 고향으로 되돌아왔고, 나는 다만 먹이를 찾기 위해서 서울에 잠시 살았다. 취직을 위해서 서울을 어슬렁거렸고, 얼마 후에는 노동자로 사는 게 너무 짜증나서 더 편한 직장을 얻기 위해 입시 준비를 하는 동안 서울에 살았다. 그리고 다시 먹이를 찾아서 서울을 벗어났다. 사범 대학을 나와 충청북도에서 교사가 되었다. 교직에 있는 동안 타 시도 전출을 신청해서 서울로 옮겨 간 벗들이 있었지만 나는 서울로 가지 않았다. 선택지에 서울과 서울 아닌 곳이 있었을 때에도 나는 서울을 택하지 않았다. 그렇다고 내가 전원의 삶을 추구한 것은 아니다. 다만 좀 더 편한 삶을 선택하다 보니 교사가 되었고, 약간 덜 번잡한 곳을 택하다 보니 어린 시절 연고가 있고 부모가 있는 옥천에 살게 된 것일 뿐이다. 우리 세대는 90퍼센트 이상이 고향을 떠났다. 지금 세대는 고정된 이미지의 '고향'이 없다. 도시의 ○○ 산부인과 몇 호실에서 태어난 세대에게 고향은 이미 이전 세대의 고향이 아니다. 세대 간에 '고향'이라는 단어만큼 큰 격차가 벌어진 게 있을까.

산업화 이후의 현대인은 먹이를 찾아 돌아다니느라 한 곳에 오래 머물지 않는다. 짧게는 1~2년에서 길게는 4~5년 단위로 옮겨 다니며 산다. 한 지역에서도 이 아파트 저 아파트 옮겨 다닌다. 설령 한곳에 조용히 눌러살고 있다 해도 그 주변이 변화하지 않고 얌전히 있는 경우는 없다. 설악산 꼭대기든 지리산 골짜기든 다 뒤집어 놓고 있으니까 말이다. 그러니 우리 세대가 생각하는 고정된 풍경이나 이미지의 고향이 남아 있을 수 없다. 이른바 노마드, 유목 세대이다. 철학자 들뢰즈와 가타리가 말한 노마드에게는 먹이가 있는 곳이 고향이다. '뒷산, 마을, 마당 있는 집, 벼가 익어 가는 들판, 냇가'라는 고정된 이미지의 고향을 가질 필요가 없다는 것. 뒷산에 조상의 무덤이 있고, 생존을 보장해 주던 집 앞 들판의 풍경이 주는 편안함 따위가 필요치 않다는 것이다. 그런데 과연 그럴까 하는 물음에 이런 대답이 있다. 고향이라는 것은 꼭 자신이 태어나고 자란 물리적 공간의 의미 이외에 인간이 찾아가려는 영원한 안식처로서의 의미가 있다는 것이다. 또 그들에게도 아파트와 오락실과 학원과 자동차 소리 요란한 도로가 유년의 풍경으로 남아 있을 것이다. 그러니 지금 세대의 고향과 이전 세대의 고향 사이에는 머나먼 거리가 있다.

:

신석정은 서울로 갔다가 귀향했다. 도시의 대립 개념으로 '목가(牧歌)'를 쓴다는 면에서 보자면 그가 아주 목가적인 삶을 살았다는 얘기를 하고 싶었다. 신석정의 문학이 지향하는 바가 모두 목가적이라고 해서는 안 되지만 어쨌든 그는 사고의 지향으로 볼 때 도시형 인간은 아니었던 것 같다. 그가 심취했던 인물 가운데 영국의 전원시인 에드워드 카펜터와 미국의 철학자 헨리 데이비드 소로가 있다. 도연명과 노장 철학도 공부했다고 하는데, 이는 모두 신석정이 전원 지향적 사상에 경도되었음을 짐작게 한다.

도연명과 노자, 장자는 꽤 익숙한 이름들이고, 소로는 『월든』이라는 책으로 잘 알려져 있는데, 카펜터는 처음 듣는 이름이었다. 인터넷을 검색해 보니 '카펜터의 친구들'

이라는 영문 홈페이지가 있고, 그의 추종자들이 활동하고 있었다. 1844년에 나서 1929년에 죽었다. 19세기와 20세기에 걸쳐 살았다는 게 더 실감으로 올 것 같다. 영국이 전 세계 4분의 1을 지배하던 시절, 자본주의가 팽창하고 사회주의가 등장하던 시기, 그리고 제1차 세계 대전이 벌어진 격동의 시기였다. 당시로서는 급진적이라 할 수 있는 동성애를 옹호했고, 채식주의자이며 페미니스트였다는 사실이 인상적이다. 무정부주의자이자 사회주의자였고, 제국주의와 전쟁과 사형을 반대했다는 사실도 일제 강점기의 지식인 신석정이 감당하기에는 벅찬 사상들이었을 것 같다. 그 자신은 국권조차 빼앗긴 나라의 나약한 시인이었으니 말이다. 지식을 섭렵한 자가 세계의 벽 앞에서 갖게 되는 절망감을 다는 알 수 없지만 적어도 나라 없는 족속들이 겪고 있는 수난 앞에서 사상과 이념과 몽상이 얼마나 허황한 것인지 유추해 보게 된다.

신석정이 본 카펜터의 저술이 무엇이었는지는 모르지만 근대의 질주와 욕망을 그리 달갑게 생각한 것 같지는 않다. 현재 번역된 카펜터의 저서는 없다. 시 몇 편이 선집에 실린 정도이다. 노자에 관한 책도 일본인의 연구서를 참고했다고 하니 신석정은 일본어로 번역된 카펜터의 저술을 읽지 않았을까.

> 어머니
> 당신은 그 먼 나라를 알으십니까?
>
> 산비탈 넌즈시 타고 나려오면
> 양지밭에 흰 염소 한가히 풀 뜯고
> 길 솟는 옥수수밭에 해는 저물어 저물어
> 먼 바다 물소리 구슬피 들려오는
> 아무도 살지 않는 그 먼 나라를 알으십니까?
>
> 어머니, 부디 잊지 마서요
> 그때 우리는 어린 양을 몰고 돌아옵시다
>
> —「그 먼 나라를 알으십니까」 부분

우리나라에는 초원이 없다. 초원이라는 낱말에 대해 내가 가진 이미지는 유목의 풍경이다. 평야라기보다 완만한 능선의 광활한 대지, 푸른 풀밭과 양 떼. 전원이 농사의 풍경인 것과 다르다. 목가라는 말은 양이나 소를 치는 일과 관계된 단어이고, 전원이 아니라 초원에 연결된다는 얘기다. 초원은 없고 좁다란 비산비야의 전원이 있는 우리나라에서 '목가'라는 말이 유행한 것을 나는 일종의 지적 낭만이 만든 서구 문화의 이식이라고 생각한다. 근대의 압력에 굴복한 지식인의 몽상이거나, 서구 문화의 식민성이 한국 문화의 한쪽에 도사린 것이라고 보는 견해도 있다. 목가라는 말 속에 전원의 개념이 들어가 있다 하더라도 사정은 별로 나아지지 않는다. 신석정을 전원시인보다 목가적 시인이라고 표현해 온 비평가들의 심리에 드리워진 서구의 그림자를 보게 되는 것이다. 물론 신석정 자신도 목가를 좋아하여 『슬픈 목가』라는 시집을 내기도 했다. 「그 먼 나라를 알으십니까」에 나오는 염소는 어린 시절에 흔히 보았지만 양은 그렇지 못했다. 지금도 양 목장은 전국에 몇 군데 없음에도 신석정은 "어머니, 부디 잊지 마서요 / 그때 우리는 어린 양을 몰고 돌아옵시다" 하고 낮고 여린 목소리로 속삭인다. 그는 양 떼를 몰고 가는 목동을 보기는 한 것일까.

말하자면 초원의 삶에서 형성된 영어 문장을 번역한 글

이 밀려 들어온 근대 초기의 한국 지식인 중 일부가 '목가'를 우리나라 '전원'의 의미에 덮어씌웠다는 의혹을 지울 수 없다. 전원이라는 것도 사실은 도연명의 시 「귀거래사」에서 유래된 혐의가 짙다. 도입부의 "돌아가자, 전원이 황폐해지려 하는데 어찌 돌아가지 않을 수 있는가(歸去來兮田園將蕪胡不歸)."라는 문장 말이다. 한반도의 문사들에게는 '강호(江湖)'였다. 정철이 「관동별곡」에서 "강호에 병이 깊어 죽림에 누웠더니"라고 한 그 강호다. 우리의 지식인 역사에서 농사를 지으며 산 지성인은 별로 없다. 조선시대 지식인은 양반이었다. 그들은 몰락해도 양반이었고, 귀향하거나 귀양을 가도 양반이었다. 음풍농월하고 학문을 논하면 그만이었다. 그들은 노역을 하지 않았다. 소로가 월든 숲에서 홀로 집 짓고 먹을 것을 구해서 살았던 삶의 방식을 흠모하고 그와 비슷한 노동을 이 땅의 지식인들이 행하려 한 것은 근래의 일이다. 우리나라 고승들 가운데 회해 선사의 '하루 일하지 않으면 하루 먹지 않는다(一日不作一日不食).'는 사상을 받아들여 실천한 이들이 있다고 하는데, 그들은 글로 흔적을 남기지 않았다. 그런 의미에서 서울의 생활을 접고 고향으로 돌아와 근근이 생계를 꾸려 갈 정도의 농사를 직접 지으며 밤이면 책을 읽고 글을 쓴 신석정은 진정한 전원시인(을 꿈꾼 시인)이다. 비록 그와 같은 생활이 그가 교사가 된 마흔 살 무렵 끝나긴 했지만 말이다.

나는 다시 생각한다. 우리가 흔히 전원 또는 목가라고 말할 때 그 단어의 주인공들은 과연 목가적인가 하는 생각이다. 사실 지금의 전원은 전원적이지 않고, 목가 역시 목가적이지 않다. 신석정이 서울에서 고향으로 돌아와 소작을 부치면서 집 한 칸을 지었다고 할 때 그 삶이 목가적일까. 그는 목가적이라고 했을지 모르나 그 대답이야말로 목가적 서정을 지닌 시인의 언어다. 아내가 아끼던 결혼반지를 팔아 시집을 샀다는 시인의 열망이 담긴 언어다. 나는 땡볕에서 일하는 것이 싫다. 내가 온몸에 흙탕물을 튀기며 모를 내는데 누가 옆에 와서 “목가적 삶을 사시는군요.” 한다면 그를 잡아끌어 같이 논바닥에 들어가자고 했을 것이다. 닭을 기르며 생활을 책임진 아내를 바라보던 김수영의 시선은 목가적이었을까. 닭똥 냄새가 얼마나 지독한지는 닭똥을 손에 묻혀 본 사람만이 안다.

‘강호’는 조선의 멸망과 함께 소멸했고, ‘목가’라는 어휘는 지금 우리 언어에서 밀려나고 있다. '전원'이라는 낱말은 여유 있는 중산층들의 언어가 되어 전원을 떠돌고 있다. 내가 미역을 감던 금강 변은 전원주택이 즐비하여 이제는 옛날의 그 강변이 아니다.

신석정을 '목가적 시인'이라고 가르치면서 좀 켕기기도 하고 한편으로 그 단어를 볼 때마다 꺼림칙하던 기억 때문에 번다한 얘기가 되었다. 어쨌거나 중요한 것은 신석정의 시에 젖어 잠시나마 편안한 서정에 드는 사람들이 있다는 사실이다. 그가 십 대의 소년이든 육십 대의 늙은 소녀이든 말이다.

늦겨울 햇살이 눈부신 오후 무렵 석정 문학관 건너편의 고택에 도착했다. 신석정이 생전에 머물던 집, 청구원(靑丘園)! 이 이름에 걸맞은 계절은 아직 오지 않았다. 겨울이 끝나 가는 시간, 이곳은 청구원이 아니라 황구원(黃丘園)이다. 그러나 꿈을 간직한 시인 신석정은 겨울 내내 이 언덕을 바라보면서 '푸른[靑] 언덕[丘]'을 그렸을 것이다.

직선과 격자, 여백을 섞어 놓은 지붕. 석정 문학관의 외

관은 왠지 주변 풍경과 조화로워 보이지 않는다. 우선 건물 형태가 한옥 지붕들이 있는 주변 모습과 따로 노는 분위기다. 마을 뒤쪽으로 누워 있는 완만한 능선의 곡선과도 어긋나는데, 앞쪽에서 사방팔방으로 이어지는 도로들이 시선을 분산시킨다. 신석정이 살던 시절에는 푸르고 목가적인 풍경이었을지는 모르지만, 지금 여기는 고요하고 한적한 곳이 아니다. 얼키설키 길들이 모이고 흩어지는 곳이다. 그러나 변화는 지금만 있는 일은 아니다. 자연적으로든 인위적으로든 우리 주변은 늘 변화했고, 인간은 자신이 살아온 산천과 풍경의 변화를 아쉬워했다. 지금 이 주변의 모습은 도연명을 좋아했던 신석정이 꿈꾸던 풍광은 분명 아닐 것 같다. 시인이 살아 있다면 이곳에 머물까, 아니면 좀 더 한적한 곳으로 옮겨 갔을까.

건물의 어수선함과 문학관에 인접한 교차로와 고가 도로의 소음이 섞인다. 시각도 청각도 어수선해지고 마음이 푸석거려지는 느낌이다. 생가와 문학관 사이에도 도로가 있다. 초가는 조용히 웅크린 채 마치 세상과 약간의 거리를 두고 나무와 바람과 꽃과 더불어 살고 싶어 했던 시인의 표정으로 문학관을 살짝 비껴 보며 앉아 있다. 그렇다. 초가집은 앉아 있다는 느낌이고, 시멘트 건물은 서 있다는 느낌. 울타리도 없이 노출된 시인의 집은 스쳐 가는 차량들의 소음을 그대로 맞고 있다. 신석정이 자신의 집을 청구원이라 이름하고 방에 앉아 시를 구상할 때 이처럼 차 소리가 가득했다면 목가적인 시를 쓰기 어려웠으리라. 그는 느린 속도를 사랑했고, 느리게 읽으라고 권했다. 특히 초기 시에서 농경적인 느림의 시어를 많이 썼다. '먼'을 '머언', '아십니까'를 '알으십니까', '똑 똑'을 '또옥 똑',

'마세요'를 '말으서요', '긴'을 '기인', '파란'을 '파아란', '하얀'을 '하이얀', '저'를 '저어' 등으로 썼다. 초기 시에 등장하는 '어머니' 역시 '천천히 읽기'의 안내자이고, 경어체 끝말들은 문장의 마무리조차 천천히 하라는 자동 저속 장치이다.

:

2014년 신석정의 문학 작품 가운데 그동안 알려지지 않은 시가 신문에 공개되었다. 목가풍의 분위기와는 좀 다른 서정과 시어를 포함하고 있으며, 감시의 눈길을 피하기 위해서인 듯 표지도 다 해진 책의 중간중간에 육필로 써 놓았다. 발표할 수 없는 시를 써야 했던 시인의 내면을 다 알기는 어렵지만, 그 어떤 어둡고 습한 내면의 풍경들이 그려졌다. 윤동주도 그랬을 것이다. '어쩌면 이 글은 세상에 드러나지 않거나 내가 죽은 다음에 누군가에게 발견될 것'을 생각하며 글을 쓴다는 것 말이다. 그런데 내 가슴이 더 아려 왔던 것은 시보다 그 시를 보관하고 공개 시기를 고민해 온 유족과 신석정의 제자 허소라 시인의 이야기였다.

"선생님이 돌아가신 1970년대나 그 뒤 1980년대까지는 공개하는 것이 조심스러워서 아껴 두었지만, 시간이 지나면서 언론 자유도 어느 정도 신장되고 해서 지금쯤은 공개해도 괜찮겠다고 판단했다."

나중에 허소라 시인에게 저간의 사정을 여쭈었다. '인민'이라는 단어가 들어간 시들은 현재 시각에서도 6·25 전쟁 세대에게는 좀 거슬릴 수 있는데, 유독 그 부분이 강조되어 기사화된 것이라고 했다. 기자가 기사화하는 과정에서 약간 저널리즘적 윤색을 한 것이라는 의견인 듯했다. 그러나 저 문장은 분명 2014년 여름이 끝나갈 무렵 대한민국에서 발화된 것이었다. '언론 자유'와 '지금쯤'이라는 단어가 일으키는 파장에 가슴이 쓰린 것은 나만의 반응인가.

그러나 새로 발굴된 시가 아니더라도 신석정은 확고한 현실 참여 입장이었고 '지조'와 '의로움'에 대한 굳은 심지가 있었다. 그는 우리 문학사에서 몇 안 되는 '자기 정신'을 지킨 시인이었다. 친일의 오점도, 불의한 독재 권력에 협력한 전력도 남기지 않았다. 친일은커녕 창씨개명도 하지 않은 드문 예에 속한다. 일본어로 시를 쓰지도 않았다. 정지용도 윤동주도 창씨개명을 해야 했던 때이다. 보통학교 졸업반 때 일본인 담임 교사가 수업료를 내지 못한 급우를 발가벗겨 체벌한 것에 대한 항의로 동맹 휴학을 이끌고 정학을 당했다는 것도 그의 기질을 알게 하는 대목이다. 5·16 군사 정변 후에는 교원 노조를 지지하는 시를 써서 곤욕을 치렀다는 것도 그렇다. 그는 기본적으로 현실에 대한 비판적 시선을 지니고 있었던 것이다.

조선 말기 탐관오리들의 학정에 대해서, 이승만 정권의 폭정에 대해서, 분단의 질곡에 대해서 그는 '목가적 언어'를 제공하지 않았다. 김수영은 이승만의 초상화를 밑씻개로 하자고 했지만 신석정은 한술 더 떠 "어찌 그 치사한 휴지가 우리들의 성한 / 육체까지 범하는 것을 참고 견디겠느냐!"(「쥐구멍에 햇볕을 보내는 민주주의의 노래」)라고 했다. 집에 자주 놀러 왔던 서정주가 일제에 협력하면서 전쟁 참여를 독려하는 시를 쓸 때 그의 마음은 어떠했을까를 짐작해 볼 수 있는 「꽃 덤불」 같은 시도 있다.

그러는 동안에 영영 잃어버린 벗도 있다.

그러는 동안에 멀리 떠나 버린 벗도 있다.

그러는 동안에 몸을 팔아 버린 벗도 있다.

그러는 동안에 맘을 팔아 버린 벗도 있다.

그러는 동안에 드디어 서른여섯 해가 지나갔다.

—「꽃 덤불」 부분

완곡한 시어로 그는 "맘을 팔아 버린" 친일 시인들을 비판하려 했던 게 아닐까. 그는 "높은 산과 흐르는 물에 뜻을 두고(志在高山流水)" 살았지만 그와 함께 "문학도는 먼저 불행한 우리 겨레의 편에서 붓을 들어야" 한다고 믿었으며 "부조리한 현실에 대한 인간의 성실한 저항이 누구에게보다도 시인에게 요구된다"(「난초 잎에 어둠이 내리면」)고 여겼던 사람이었다.

신석정은 문단 지형에서 보자면 우파 자리에 있었다. 그러나 여기엔 6·25 전쟁 이후 40년 가까운 세월 동안 좌파는커녕 합리적 우파조차도 설 자리가 없었다는 사실이 감안되어야 한다. 그가 해방 공간에서 '인민'이나 '적기가'라는 어휘를 썼다고 공산주의자였느냐고 묻는 건 차라리 멍청한 질문이다. 오죽했으면 몰래 시를 쓰고, 허소라 시인의 표현대로 '암장(暗藏)'했을까. '인민'이라는 단어는 일제 강점기와 해방 공간에서 이념적 색채가 그리 강렬하지 않은 단어였으며 일상의 문장에서 널리 쓰였다. '사람들'을 뜻하는 보편적 언어였다. 반면 '국민'이라는 단어는 일제하에서 '황국 신민'의 줄임말로 쓰였던 것이다. '일본 천황이 다스리는 나라의 신하 된 백성'이라는 말이다. 일제 강점기에 '보통학교'였던 것을 '국민학교'로 바꾼 이유가 그러했다. 모든 한글 문학잡지가 폐간되고 일본어로 발행했던 『국민 문학』은 황국 신민의 문학이었다. 모든 언어 활동이 통제되던, 정지용이 절필을 하며 견디던 일제 말기였다. 우리는 해방된 지 반세기가 지난 1995년에야 비로소 '국민'에서 해방되어 '초등학교'라는 이름을 얻는다. '인민'은 분단 이후 북한 전용어가 되었다. 북한의 이름이 '조선 민주주의 인민 공화국'이 되고 그들의 군대가 '인민군'이 되면서 더 그러했다. 남한에서 불온이자 금기의 단어가 된 '인민'은 반드시 그 단어와 그 단어를 사용한 주체를 비판하기 위해서만 거론되어야 한다. 그리고 지금까지도 이러한 불온이 말끔히 지워지지 않았다. '인민'은 '사람 인(人)'과 '백성 민(民)'의 합성어이다. 서예 공부를 하는 과정에 백성을 뜻하는 '민(民)'의 전서(篆書)에 나타난 한자 어원을 알게 된 순간 좀 놀랐던 기억이 지금도 선명하다. '민(民)'은 눈[目]에 바늘을 꽂은 형상, 즉 눈먼 듯이 복종하는 노예 신분을 뜻했다고 한다. '백성'에서 벗어나 '황국 신민'이 되었다가 이제 '국민'이 되었지만 언어의 시련만큼이나 '민'의 시련도 끝나지 않은 것 같다. 국민과 인민 사이에서 민중, 민초, 서민, 씨알 등 많은 사람이 단어 실험을 했으나 잠시 사용되다가 유행처럼 지나가거나 일부만 사용하고 있을 뿐이다. 아직도 '백성'이기를 강요하는 힘이 있고, 여전히 '황국 신민'이고 싶어 하는 넋 빠진 자들도 있다. 국민과 인민은 여전히 백성이고 노예인가. '동무'라는 말의 운명도 그러하다. '시민'은 언제 자리 잡을 것인가.

신석정이 가지고 있다가 훗날 '오송회 사건'의 빌미가 된 오장환 시집 『병든 서울』에서 문제가 된 단어도 '인민'이었다. "인민의 이름으로 씩씩한 새 나라를 세우려 힘쓰는 이들"이라는 구절이 그것. 암장된 시를 공개하기 어려운 시대, 우리는 "순하디 순한 작은 짐승"(「작은 짐승」)이 아니라 강요된 '짐승의 시간'을 살고 있는 건 아닌가.

석정 문학관에는 내가 좀 더 자세히 보고 싶은 자료들이 많다. 시대별로 잘 정리된 시인의 생애와 작품들이 천장을 높게 설계한 실내 벽에 시원시원하게 전시되어 있다. 특히 당대의 작가들이 서로 주고받은 붓글씨와 편지들이 나의 눈길을 사로잡는다. 자료의 양도 풍부하고 체계도 잘 갖추었다. 둘러보는 것만으로도 신석정의 문학 세계를 다 훑어볼 수 있을 정도다. 생각을 곱씹으며 꼼꼼히 보려면 하루쯤은 거기 머물러야 할 것이다. 초행에 일정을 제대로

잡지 못했다. 본래 미당 시 문학관 한 곳만 보고 오려던 것을 욕심을 낸 탓이다. 나중에 다시 오리라 다짐하면서 발길을 돌렸다.

산맥으로부터는 멀고 바다로부터는 멀지 않은 땅 부안. 현실 권력과 가까운 곳에서 시적 성취는 물론 사회적 명예와 부를 두루 누리고 한편으로는 비난까지 받으며 살다 간 시인의 문학관을 거쳐 현실과 약간의 거리를 두고 높은 산과 흐르는 물에 뜻을 둔 채 살다 간 시인을 만나고 집으로 가는 길, 만경벌은 광활했다.

내비게이션을 검색해 보니 집으로 가는 길이 하나만은 아니었다.

11

선운리 폐교에 자리한 서정주의 집

내마음속 우리님의 고운눈썹을
즈문밤의 꿈으로 맑게 씻어서
하늘에다 옮기어 심어 놨더니
동지섣달 나르는 매서운새가
그걸알고 시늉하며 비끼어가네

서정주 詩 冬天
김성장 書

절에 가는 입구, 시비(詩碑)가 있다. 시비(是非)가 끊긴 세계, 붓다의 땅, 절에 가는 입구에 세속의 욕망으로 가득 찬 시인의 언어가 그것도 색의 대표 주자인 꽃을 노래한 비석으로 세워져 있다. 술과 여자와 꽃과 노래, 파계의 언어들을 다 가진 시. 해탈교를 지나면서부터 이미 붓다의 세계에 들어온 셈인데 아쉬우니 마지막으로 시를 읽고 색을 털어 버리면 되겠다. 「선운사 동구」의 방점은 선운사가 아니라 동백꽃이니까. 출가와 환속 또는 출가와 출출가의 경계에 시비를 세운 것이 불교적 세계관과 관련된 것인지는 모르겠지만 서정주는 초기 시집부터 불교적 세계를 주 관심의 대상으로 삼았다.

절을 벗어나면 다시 육자배기 자락에 동백꽃을 피워 올리는 여인네의 은근한 색에로 갈 수 있다. 색즉시공이면 이 경계가 모두 타파되어야 할 것이겠지만 제도로서의 불교는 역시 제도여서 절을 짓고 일주문을 만들고 색(色)과 공(空)을 나누어 놓았다. 일반적인 절의 법당에 이르는 과정이 해탈교-일주문-천왕문-금강문-불이문-대웅전 순서라 하는데, 시비는 해탈교(선운사의 경우 선운교)와 일주문 사이에 있다. 선운사 정문 앞에 극락교가 있던데 이 다리는 절 앞에 있을 뿐 불교적 의미의 가람 배치와는 상관없는 듯했다. 인터넷에 검색해 보니 처음 절을 지을 때는 없었던 것이고 1977년에 시멘트로 세워졌다가 2010년에 석교로 신축된 것이다. 일반적으로 해탈교(또는 열반교)는 남섬부주(인간 세계를 이르는 불교적 용어)에서 수미산으로 가는 과정의 첫 관문이니 처음 절을 구상한 사람이 일주문 지나서 다시 다리를 배치했을 리가 없다. 모든 절의 입구에 다리가 있는 이유가 그 때문이다.

겨울 끝자락, 다가올 색의 계절 봄을 준비하는 남도. 대웅전 뒤편의 동백은 아직 피지 '안했'지만 동백잎은 푸른 윤기를 머금고 있다.

선운사 골째기로
선운사 동백꽃을 보러 갔더니
동백꽃은 아직 일러 피지 안했고
막걸릿집 여자의 육자배기 가락에
작년 것만 상기도 남었습디다
그것도 목이 쉬어 남었습디다

—「선운사 동구」 전문

태어나면서 엄마한테서 배운 언어(동네 말 또는 사투리)가 있고 그 언어의 어느 부분들을 고쳐 쓰라는 강제 언어(표준어)가 있다. 서정주는 전라북도 고창에서 태어나 '골째기'를 들으면서 자랐다. '골짜기'를 배웠지만 시에서 표준어를 쓰지 않았다. 골째기와 골짜기의 느낌이 다르다는 것. 여기가 시의 경계다. 골째기는 입술에서 발음되어 나오고, 골짜기는 디지털로 재생된다. '안했고' 역시 비표준어이지만 여기서는 동네 말의 느낌을 살리며 은근한 서정을 입히고 있다. '피지 않았고'가 아니라 '피지 안했고'로 한 것. 표준어 '피지 않았고'로 했다면 맛이 달라지면서 이 시는 '동네 시'가 아니라 '서울 시'가 된다. 서울을 버리고 동네를 선택한 이 시는 오히려 서울을 장악했다. 서정주 시가 지닌 마력이자 핵심적 어법이다. 그의 첫 번째 시집 『화사집』의 첫 페이지에 놓인 시 「자화상」의 첫 구절이 그러했다. "애비는 종이었다". '애비'는 표준어 '아비'의 동네 말이다. "어매는 달을 두고"의 '어매'와 "에미의 아들"의 '에미' 또한 그러하다.

연보에 의하면 시비를 1974년에 세웠다고 하는데, 살아 있는 시인의 시비를 세운 것으로는 처음이라고 설명되어 있다. 죽은 시인들의 시비를 언제부터 세웠는지는 내가 알 수 없으나 이 시비는 건립 연대로 보아도 꽤 앞선 것이다. 밑받침돌은 가공을 했고, 그 위에 얹어 놓은 시를 새긴 돌은 자연석이다. 그런데 이 시비는 곽재구의 기행문 「선운사 골짜기로 동백꽃을 보러 갔더니」에 의하면 본래 "동운암으로 가던 호젓한 숲길에 자리했던" 것이라 한다. "대리석을 깎아 만든 받침대 위에 올라선 시비의 모습"이라

한 걸 보면 처음에는 현재의 밑받침돌이 없는 자연석만의 시비였다는 얘기다. 차라리 그게 나을 뻔했다. 지금 시비는 사람 키보다 약간 높게 하여 위세를 보이고 싶어 하는 분위기다. 거대한 돌을 사용하거나 돌을 마구 깎아 자연석 모양을 흉내 내고 우람하게 세워 놓은 1990년대 이후의 졸부 과시형 시비들보다는 낫지만 뭔가 조화롭지 않다. 1970년대의 소박함이 '돈'을 만나 위치는 고적함을 잃고 모양은 기품을 잃은 것 같다.

바위와 절벽에 글을 새기는 것 말고 인위적으로 돌을 깎아 세우는 비석 문화(선정비, 정려비, 묘비, 사적비 등)가 이 땅에 수천 년 이어져 왔지만 사실 해방 후의 것들은 볼품이 없다. 돌을 깎아 세우는 자유는 20세기에 와서나 가능했다. 왕조 시대의 것들은 돌을 깎아 세우면서 모양과 내용에 그 나름의 철학과 의미를 담았고, 조형에도 공을 들였다. 1980년대에 세워진 시비들이 사각형의 완고함을 보여 주고, 1990년대 이후의 시비들이 갑자기 불어난 돈을 주체하지 못해 도나캐나 커진 것과는 비교되지 않는 격식이 있다. 2000년대 이후의 비석들은 높이를 낮추어 좀 얌전해지고 예술성을 가미하기 시작했다. 크기만으로 과시하는 게 우습다는 걸 깨달은 자본이 세련미를 갖추어 가고 있는 것이다.

선운사는 바다가 코앞인 동네 뒤쪽에 있다. 그 '골째기'는 지리산 화엄사나 속리산 법주사, 설악산 백담사처럼 깊숙한 곳에 있지 않다. 300미터가 조금 넘는 선운산을 베고 누워 있는 절, 펑퍼짐한 산자락의 널찍한 골짜기에 자리잡고 있다. 대웅전 뒤편의 동백나무 숲은 무성했다. 선운사 동백은 '동백'이라기보다 '춘백'에 가까워 남쪽의 동백

들보다 한참 늦게 피니, 아직 '피지 안했'다. 서정주가 왔던 시절도 지금쯤이었던 걸까. 카메라를 들이대자 꼭 다문 입술만 엷게 붉어진다. 성격 급한 동백 몇이 살짝 입을 벌릴 듯했지만 속살은 깊숙이 감추어 두었다.

:

들판을 가로질러 불과 몇백 미터 앞의 바다(줄포만)를 바라보며 질마재 아래 옹기종기 자리한 마을이 서정주의 고향 마을 선운리다. 그 한가운데 미당 시 문학관이 있다. 10여 년 전 기행을 왔을 때에는 임시로 전시를 해 놓은 상태여서 문학관의 분위기가 아니고 폐교의 분위기였다. 리모델링을 거쳐 곧 재개관을 할 거라고 했었다. 2013년에 전시 환경을 크게 바꾸었다고 하는데, 외관을 도색한 것 외에는 큰 변화가 없는 듯했다. 마을 한가운데를 차지하고 앉아 있는 옛 학교의 분위기 그대로다. 규모로 보자면 전국의 문학관 중에서 가장 크다고 할 수 있다. 폐교를 문학관으로 삼은 덕분이다.

문학관에 들어서면 '우리말 시인 가운데 가장 큰 시인 미당 서정주'라는 글귀가 시인의 옆모습 사진과 함께 걸려 있다. 서정주를 한껏 치켜세우고자 하는 사람들의 마음을 읽을 수 있다. 나의 눈길을 끈 것은 서정주의 붓글씨와 시인, 평론가 들이 그에게 쏟아부은 찬양의 글들이었다. 말하자면 이런 것들이다.

> 미당의 시로 그의 처신을 덮어 버릴 수는 없다. 미당의 처신으로 그의 시를 폄하할 수도 없다. 처신은 처신이고 시는 시다. — 시인 김춘수

> 인간이 만든 것들 가운데 가장 아름다운 것은 모차르트의 음악과 미당의 시이다. — 문학 평론가 이남호

김춘수의 말은, 서정주의 처신에는 문제가 있지만 그의 시적 성취를 인정해야 한다는 얘기인 듯했다. 그렇다면 시와 창작자도 떼어 낼 수 있을까. 떼어 낸다면 우리는 시만 기리면 되고 인간 서정주는 기릴 필요가 없을까. 이남호의 경우, 서정주의 문학에 몹시 감동했다는 뜻은 이해가 되지만 좀 과장이 있다. 그 말이 더 설득력을 얻으려면 서정주의 언어가 세계화돼야 할 텐데 민족 단위로 형성될 수밖에

없는 언어의 숙명으로 볼 때 지난한 일이 아닐까. 모차르트의 음악도 유럽의 12음계 위에 서 있기는 하지만 음악은 문학보다 감염력이 빠르고 강력하다. 언어는 음악보다 번역이 어렵거나 거의 불가능하다. 모차르트가 "막걸릿집 여자의 육자배기 가락"의 맛을 이해하려면 적어도 고창에 가서 한 세대쯤은 살아 봐야 하지 않을까. '골짜기'를 이해하는 데에는 1분이면 되겠지만 '골째기'가 아니던가.

서정주의 붓글씨는 칼칼하고 서민적 운치가 있다. 기필(起筆)과 수필(收筆)의 터치가 무겁지 않다. 획의 진행은 단순하여 전체적으로 안정감을 준다. 글자의 형태는 기본적으로 궁체를 닮았지만 필획은 민체의 흐름이다. 살짝 뒤로 누운 필세가 이마가 넓은 그의 얼굴 표정을 떠올리게 한다. 문인 글씨 중에는 나에게 가장 인상적인 글씨이다. 그의 친필로 보는 「국화 옆에서」는 또 다른 맛이 있다.

고등학교 시절 선생님께서 이 시를 낭송하며 스스로 감탄하던 모습이 지금도 생생하다. 아직 인생의 쓴맛을 다 맛보지 못한 나에게 "머언 먼 젊음의 뒤안길"이 충분히 감지되지는 않았지만 입안에 감기는 운율, 그리고 꽃이 피는 것과 인간의 불면을 연결시킨 시상은 어린 나에게도 인상

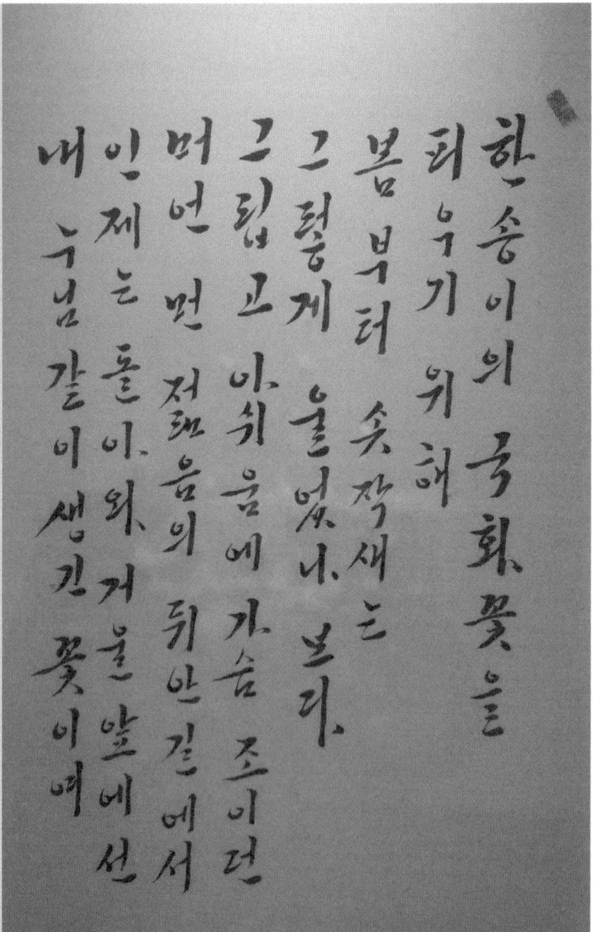

한송이의 국화꽃을
피우기 위해
봄부터 솟작새는
그렇게 울었나 보다.
그립고 아쉬움에 가슴 조이던
머언 먼 젊음의 뒤안길에서
인제는 돌아와 거울앞에선
내 누님같이 생긴 꽃이여

선운리 폐교에 자리한 서정주의 집

적이었던가 보다. 그러니 내가 그 장면을 지금도 기억하고 있을 터이다. 우리 세대에게 이 시는 마치 '시의 대명사'처럼 유행했다. 서정주의 친일 논란이 커지면서 교과서에서 빠졌다가 다시 실리는 등 우여곡절을 겪었다. 어느 시기의 사람들한테는 '안 배운' 시가 되기도 했지만 요즘에는 사방 천지에 널려 있어 어디선가 한 번쯤은 부닥치지 않을 수 없는 시다. 지하철역이든 버스 정류장이든 어느 건물 담벼락이든 일일이 확인할 수조차 없으리라.

「선운사 동구」는 이번 기행에만도 네 번이나 만나게 된다. 선운사에서, 미당 서정주 생가에서, 그리고 문학관에서 두 번. 이 시의 경우 문학관 친필 액자와 생가에는 '골째기'가 '고랑'으로 되어 있고, 생가에는 '상기도'가 '시방도'로 되어 있어 헷갈리게 한다. '상기도'는 '오히려'로 최종 수정되었다고 하는데, 단어 두 개를 가지고 끝까지 고민했다는 얘기다. 독자들도 단어 하나가 달라질 때 시의 맛이 어떻게 달라지는지 알려면 애를 좀 써야 한다.

미당 시 문학관이 찬양받아야 할 가장 큰 덕목은 시비(是非)를 공공화했다는 것이다. 서정주의 친일을 비판할 때 흔히 거론되는 시와 수필을 그의 '명시'들처럼 아름답게 구성하지 않고 종이에 프린트하여 허술한 액자에 담았다. 그리고 명시들을 유리로 만든 설치 작품으로 전시한 것과 다르게 이것들은 제2 전시관 3층 작은 방에 걸어 놓았다. 자랑할 것도, 떳떳한 글도 아니라는 듯 거기 처연히 걸려 있다. 이런 시빗거리를 공공연히 전시한 문학관은 오직 미당 시 문학관뿐이다. 그래서 그곳은 특별한 곳, 공공의 공간에서 친일 작품을 만날 수 있는 유일한 곳이다. 거기 영욕의 민족사가 전시되어 있다. 우리의 '애비'와 '에미'가 거쳐 온 갈등의 뼈가 앙상히 드러나 있다.

:

2016년 8월, 한국 문인 협회가 이광수와 최남선의 문학상을 제정하기로 했다가 철회했다. 표면상 문제의 핵심은 친일 작품에 대한 입장 차이다. 여러 시민·사회단체 이름으로 '문인 협회의 시대착오적 친일 미화'를 비판하는 성명이 나왔다. 문인 협회 사무실 앞에서는 '죄인' 이광수와 최남선을 무릎 꿇리는 퍼포먼스가 벌어졌다. 친일이 여전히 우리 사회의 현재 진행형 문제임을 보여 주는 장면이었다. 해방 전 일제와 함께 반미를 찬양한 친일 세력은 해방이 되자 친미로 돌아서 한국 사회의 주류가 되었다. 오늘날 친일을 공개적으로 떠들고 다니기엔 부끄러운 시대가 되었지만 친일 세력은 여전히 보이지 않는 곳에서 강고히 작동하고 있다.

그러나 비난에도 불구하고 '공식 친일파' 서정주의 호를 딴 문학상이 있다. 2001년 제정된 미당 문학상. 당시 최고의 상금이었다. 이 상이 제정될 때 민족 문학 작가 회의가 반대 성명을 내고 심사와 수상을 거부하겠다는 뜻을 밝혔지만 이후 작가 회의 회원들이 심사 위원도 되고 수상자도 되었다. 첫 회 수상 후보자였던 오규원 시인이 수상을 거부하는 곡절이 있었지만 지금까지도 계속 시상하고 있다. 서정주는 『친일 인명 사전』에 오를 정도의 친일을 했음에도 왜 미당 문학상이 제정되고 문학관마저 버젓이 세워졌는가. 나는 이것을 정확히 분석할 역량이 없다. 문단에서의 위상, 교수로 있으면서 배출한 제자들, 광범위한 정치적·종교적 인맥, 그리고 그의 시를 흠모하는 숱한 대중들의 힘이 반대의 힘을 압도하고 있는 모양새일 거라는 추측 정도. 그리고 춘원과 육당의 문학상은 사단 법인 단체와 지자체가 추진의 주체였지만 미당 문학상은 개인 기업이 운영하는 것이다.

우리는 앞으로도 몇 세대 동안 친일 문제를 놓고 갈등하며 논란을 이어 갈 것으로 보인다. 딱딱한 얘기지만 마저 정리를 하고 가야겠다. 민족 문제 연구소는 『친일 인명 사전』에 서정주를 포함한 52명의 문학인을 구체적 친일 행적과 함께 적시했다. 우리에게 낯익은 인물들 가운데 「사슴」의 노천명, 「국군은 죽어서 말한다」의 모윤숙, 『자유 부인』의 정비석, 「불놀이」의 주요한, 『탁류』의 채만식, 「감자」의 김동인 등이 있다. 친일 작가의 문학상 중 가장 역사가 깊은 동인 문학상은 김동인의 문학 정신을 잇는 상이다.

선운리 폐교에 자리한 서정주의 집

김훈의 『칼의 노래』도, 조세희의 「난장이가 쏘아 올린 작은 공」도, 김승옥의 「서울, 1964년 겨울」도 동인 문학상 수상작이다. 친일과 문학과 삶과 싸움이 이렇게 얽히고설켜 있다. 아마 김동인이 평양이 아니라 남한의 어느 지역에서 태어났다면 '김동인 문학관'이 지어지지 않았을까.

적어도 남한에서 친일파는 공식적으로 한 명도 법적 처벌을 받지 않았다. 제헌 국회는 반민족 행위 처벌을 위한 특별법을 제정하고 이를 집행하려 했지만 실패했다. 내가 굳이 남한이라고 말한 이유는 북한은 친일파 처리 과정을 거쳤기 때문이다.

:

서정주는 찬사와 비난을 동시에 받으며 20세기를 살다가 21세기 벽두에 죽었다. 찬사든 비난이든 그는 항상 정점에 있었다. 최고의 찬사와 가장 격렬한 비난을 받았다. 한국어의 맛을 확장하고 일제 찬양 시를 쓰고 이승만의 전기를 쓰고 전두환의 생일 축하 시를 쓰고 예술원 평생회원을 지내는 동안 꽃다발과 야유를 함께 받으며 참으로 긴 시간을 버텼다.

선운리 폐교에 자리한 서정주의 집

나에게 친일이라는 단어가 구체적으로 다가온 것은 임종국의 『친일 문학론』과 충북 국어 교사 모임에서였다. 1980년대 후반에 만난 『친일 문학론』은 '아무것도 몰랐던 청년'의 눈을 새롭게 뜨게 했다. 우리가 그토록 아름답게 공부한 시인들이 그렇게 추악한 일제의 앞잡이였다니! 이십 대 초반에 알게 된 그 사실들은 나를 심하게 자극했다. 내가 사범 대학 국어 교육과를 다니며 찾아갔던 충북 국어 교사 모임에서 만난 서정주의 친일 작품은 충격 그 자체, 말문이 막힐 정도였다. 「국화 옆에서」의 시인이 그런 글을 썼다는 사실을 처음 알게 된 순간의 충격. 나는 지금도 그 모임을 끝내고 2층 방에서 내려올 때 삐걱거리던 나무 계단의 가파르고 어두운 경사를 떠올리곤 한다.

대학교 3학년이던 1987년 6월의 거리는 시위대가 가득했다. 청주 육거리 파출소가 불타오르는 것을 두려움과 후련한 마음으로 바라보았다. 남궁 병원 앞 네거리에서 궁지에 몰린 전경들이 시위대에 둘러싸여 망연해하던 순간을 지금도 기억한다. 그 6월의 거리에서 나는 맨주먹뿐인 사람들이 독재에 저항하는 거대한 해일이 될 수 있다는 것을 알았다. 그때 서정주는 전두환의 4·13 호헌 조치를 '위대한 구국의 결단'이라고 헛소리를 지껄이고 있었다. 분노가 정의로운 것인지는 기준에 따라 달라질 수 있겠지만, 그 시절 대통령 직선제를 싫어하는 세력들은 참 가소로워 보였다. 상식적 수준의 민주주의조차도 받아들일 수 없는 파시스트들로 보였다. 결국 군부가 다시 집권하기는 했지만 호헌이 철폐되고 직선제의 시대가 왔음을 알리는 뉴스는 황홀했다. 1987년 6월의 저항은 분노를 전국화하기는 했지만 분노를 조직화해서 한국 사회 자체를 바꾸지는 못한 것이었다. 나는 지금도 이해할 수 없다. 쿠데타 세력을 옹호하는 사람의 가슴에서, 아니 뇌에서, 도대체, 어떻게, 이런 언어가 풀려 나올 수 있는지 모르겠다.

한쪽에서 안중근처럼 목숨을 걸고 싸우다가 죽는 이가 있었는데, 이회영처럼 전 재산을 털어 온 가족을 이끌고 중국 땅으로 망명을 떠나는 이가 있었는데, 목숨을 걸지도 못하고 전 재산을 걸지도 못해서 작은 힘이라도 독립에 보태려고 몰래 숨어 애쓰던 사람들이 있었는데, 민족어를 아름답게 만들어 내는 사람이 어떻게 민족의 가장 절절한 통곡의 소리는 듣지 못한 채 친일과 독재에 아부하는 글을 써야만 했을까. '일본이 그렇게 빨리 망할 줄 몰랐다'는 말은 차라리 말 그대로 '변명'으로 넘겨 두자. '전두환이 그렇게 빨리 몰락할 줄' 몰라서 그랬던 것일까. 서정주의 위치가 분명 어쩔 수 없는 상황은 아니었다. 정지용, 조지훈처럼 절필이라도 할 수 없었을까.

도대체 그의 무엇이 그를 그렇게 몰고 갔을까. "애비는 종이었다"라고 했는데, 지주 집에 농감(마름) 노릇을 하던 '애비'의 피가 이어져 그도 권력에 굴복하는 습성이 있었던 것일까. 아니면, 그 '종'으로부터 벗어나기 위한 몸부림으로 어디든 힘의 중심을 향해 달려가고 싶었던 것일까. 사회주의 독서 서클에 가입하여 마르크스·레닌 사상에 심취하고, 인민의 삶을 이해하기 위해 빈대가 들끓는 빈민촌에서 살고, 구두를 버리고 지까다비(작업용 일본 신발)를 신고 시오 리 길을 걸어서 학교를 다니고, 광주 학생 항일 운동 지지 주모자로 구속되고, 식민지 노예 교육 철폐를 위한 동맹 휴학을 주도하다 퇴학을 당하고, 정규 학교를 졸업한 바 없이 살았던 뜨거운 삶의 편력은 그의 말대로 그냥 '철부지 시절'의 이야기였던가.

문학관에서 불과 100미터밖에 떨어지지 않은 생가를 들렀다가 질마재 마을을 벗어나자 10분 거리에 동아 일보

창업주 인촌 김성수 생가 푯말이 있었다. 서정주의 아버지가 농감으로 있던 지주의 옛집이다. 이런저런 감정이 얽혀 들었다. 언젠가 그 집에도 들러 볼 기회가 올지 모르겠다는 생각을 했지만 지나쳐 왔다.

화사(花蛇), 서정주를 꽃문양을 지닌 뱀이었다고 생각하면 연민이 느껴진다는 지인의 말을 곱씹으며 액셀을 밟았다.

선운리 폐교에 자리한 서정주의 집

12

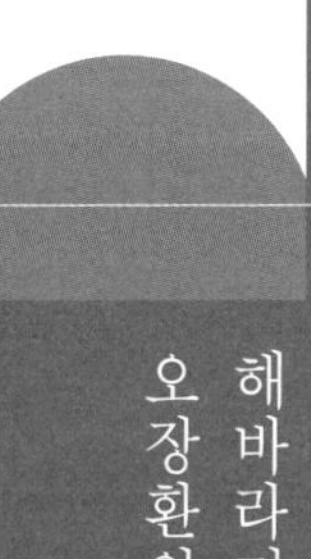

해바라기가 가득한 오장환의 집

나의 노래가
끝나는 날은
내 무덤에
꽃이 피리라

오장환 詩
나의 노래

남한에서 유일한 월북자의 문학관. 6·25 전쟁 전에 월북하여 북한에서 죽은 시인의 문학관이 충청북도 보은군 회인면에 있다. 오장환 문학관에 대한 설명을 이렇게 시작하는 것은 다양한 반응을 불러올 수 있다. 그러나 오장환 문학관은 오장환의 '문학'을 기리는 곳이다. 오장환의 말처럼 제대로 된 문학은 '문학을 위한 문학'이 아니라 '인간을 위한 문학'이고, 우리는 그 '인간을 위한 문학'을 오장환의 문학 작품 속에서 찾아야 하기 때문이다.

오장환 문학관에는 수필가 임선빈 씨가 문학관 지킴이로 있다. 오장환 문학관이 세워진 이후 그 곁을 떠나지 않고 그곳을 사랑하고 아끼는 분이다. 마치 오장환의 연인처럼 어머니처럼 거기 살면서, 방문객들을 연인을 맞이하듯 자식을 맞이하듯 반긴다. 직접 꽃을 따서 만든 국화차를 끓여 내오거나 직접 기른 옥수수, 감자, 고구마를 쪄 내오는 것이 어찌 간단한 일이겠는가. 더구나 그는 문학관 주변을 직접 관리하고 가꾼다. 전국의 문학관 어디에도 이런

예는 없다. 대개의 문학관에는 업무를 보는 사람이 따로 있다. 멋있게 해설하고 친절하게 안내하는 이를 만날 수는 있지만 방문객을 연인처럼 자식처럼 맞이해 주는 곳이 있던가.

문학관 마당에 가득한 해바라기가 밖으로 떠돌다 돌아온 탕자를 맞듯이 환하다. 그리고 그 해바라기를 심고 가꾼 임선빈 씨가 해바라기보다 더 환하게 문간에 나와 방문객을 맞는다. 오장환이 「다시 미당리」에서 노래한 어머니의 모습이 이와 비슷했을까. 임선빈이라는 사람이 있어 오장환 문학관은 살아 있고, 오장환 생가는 진짜 '살아 있는[生] 집[家]'이 되고 있다.

⁚

나는 고등학교 2학년 때, 지금으로부터 40여 년 전에 회인면에 온 적이 있다. 그때 구미에 있는 고등학교에 다녔는데 방학을 이용해 같은 반 친구를 찾아왔던 것이다. 얼마 전 그 친구와 소식을 주고받으며 확인했더니 공교롭게도 지금 오장환 문학관 자리가 그 친구의 집터였다고 한다. 말하자면 40여 년 전 이 문학관 자리에 내가 왔었다는 얘기다. 버스를 타고 구불구불한 산길을 오르내리다 친구의 집에 닿았던 기억이 있다. 그 옛날 하룻밤을 머문 옛 친구의 집과 문학관이 겹쳐지는 곳에 들어서는 묘한 심사라니!

산골 마을이다 보니 마을 환경이 대도시처럼 크게 변한 것은 아니다. 문학관 주변의 집들 가운데 여전히 예전의 돌담이 그대로인 곳도 있다. 도로가 넓어지고 차가 늘어나고 시멘트 건물이 생기고 젊은 사람들이 떠나가는 현실은 우리나라 모든 시골 마을이 겪는 변화이지만 이곳은 지금도 궁벽진 시골이다. 몇 년 전 청주-상주 간 고속 도로가 뚫리면서 교통이 편리해지긴 했지만 그래도 옥천에서 회인면에 닿으려면 해발 300미터가 넘는 수리티재를 넘어 한 시간 가까이 차를 달려야 한다. 안남면을 거쳐 가는 동안의 산세도 그리 얌전하지만은 않다. 40여 년 전 이곳에 오기 위해 나는 아마 하루를 다 소비하지 않았을까. 청주를 통해 갔는지 보은을 거쳐 갔는지 기억이 흐릿하다. 다만 비탈길을 내려가는 버스에서 바라보던 언덕 아래의 초가집 풍경이 어렴풋이 남아 있다. 그 장면이 기억에 남는 이유는 뭘까. 아마도 그때까지 그렇게 큰 산을 버스로 넘어 본 적이 없었기 때문일 게다. 나는 그 나이 때까지 내가 살던 곳 옥천을 스스로 벗어난 적이 한 번도 없는 촌놈이었다. 수학여행으로 서울의 남산과 경주의 불국사를 다녀온 것이 내 여행의 전부였던 것. 오장환이 살던 당시의 이곳은 내륙의 오지 중 오지였다. 그래서 더 평화롭고 아늑한 곳이었으리라.

마을 앞으로는 작은 내가 흐르고 있다. 동북쪽 국사봉과 구룡산 사이에서 흘러오는 물이다. 박인환의 고향 인제와 같은 험준한 지형은 아니지만 오장환의 고향도 산으로 둘러싸여 있다. 오장환이 이곳에 산 것은 보통학교 3학년 때까지다. 성적은 중간 정도인데 미술 점수가 높았다고 한다. 열 살 때 온 가족이 고향을 떠나 오씨 선산이 있는 집성촌 안성으로 간다. 그곳에서 박두진과 한 반이 되어 안성 보통학교를 다니고 열네 살 때 휘문 고등 보통학교에 입학하여 운명의 정지용을 만난다. 오장환의 생애에서 눈에 띄는 것은 잦은 이동이다. 이는 그의 시에서 보헤미안의 감성으로 나타난다. 그는 학업을 마치지 못하고 열여덟 살에 일본으로 건너간다. 처음 일본에 가서 다닌 학교는 지잔 중학교라고 하는데 1년 수료한 것으로 알려져 있다. 열아홉 살에 서울로 돌아왔다가 스무 살에 다시 일본으로

가 메이지 대학교에 입학한다. 그러나 곧 중퇴하고 스물한 살 때 서울로 돌아온 뒤 스물세 살 때 다시 일본으로 갔다가 얼마 후 되돌아온다. 학교생활도 전반적으로 성실함과는 거리가 멀었던 것으로 보인다. 결혼도 당시로서는 아주 늦은 서른 살에 했다. 서정주는 오장환이 스무 살 때 1년 정도 함께 살았던 여인이 있었다고 증언했다는데 확인할 수 있는 자료는 없다. 오장환의 삶에는 무언지 알 수 없는 떠돎의 이미지가 겹쳐진다. 떠남과 돌아옴의 이미지, 어딘가에 안주하지 못한 쓸쓸함, 방황이나 방랑하는 자의 눈으로 보는 세상의 풍경을 그리고 있었다는 생각이 든다. 반면 어떤 대상을 향해 격렬하게 환호하며 지지를 보내는 정서는 그가 해방 후 북한과 러시아에 머문 기간에 쓴 시들에 나타난다.

어린 시절은 그리 궁핍하지 않았던 것 같은데, 휘문 고보에 다닐 때 수업료를 내지 못해 정학 처분받은 것을 보면 무슨 사정이 있었나 보다. 고급 취향이 있었다고 하는데 아마 돈을 그쪽에 탕진했거나 아니면 집안 형편이 실제로 어려워졌을 수도 있다. 일본에 있는 동안에는 직접 돈을 벌어야 했고, 신문 배달도 했다고 한다. 그가 가진 직업은 '남만서방'이라는 출판사를 운영한 것 정도였는데, 여기서 서정주의 『화사집』과 김광균의 『와사등』이 나왔으니 문단에 중요한 시집을 낸 셈이다.

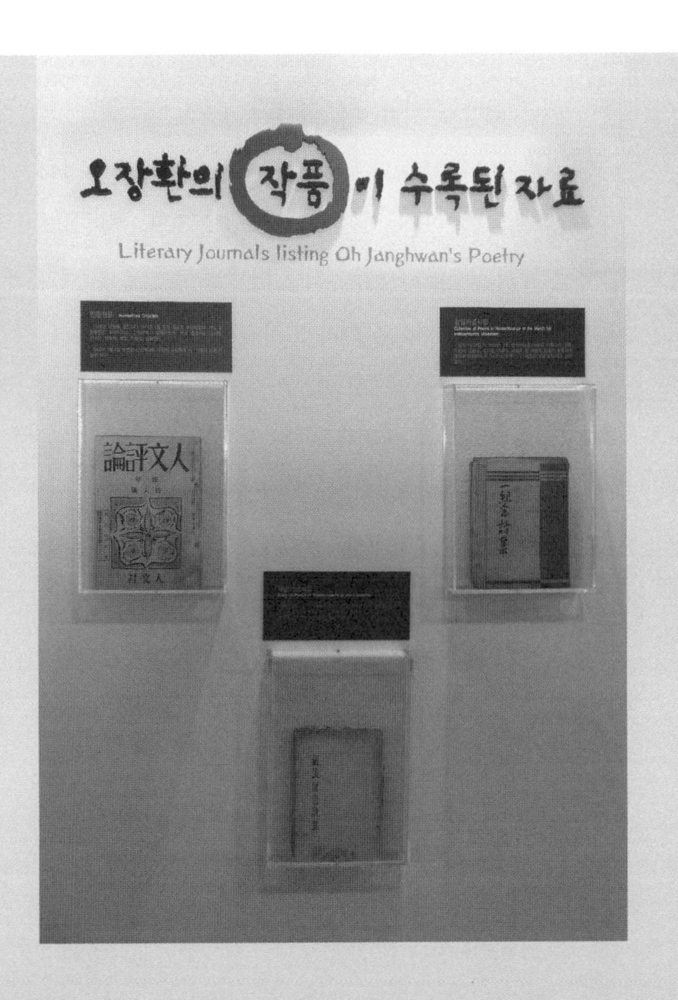

인터넷에 떠도는 오장환 사진이 한 장 있다. 옷깃이 넓은 두꺼운 외투, 오른쪽으로 살짝 기운 얼굴, 포마드를 바른 듯 단정히 빗어 올린 머리. 지금은 보기 힘든 스타일이다. 오장환은 잘생겼다. 귀공자형이다. 성격파 배우 역에 알맞을 김수영, 시원시원한 북방의 남성성을 풍기는 백석, 미남형이지만 눈꼬리가 처진 박인환과는 차별되는 도도함과 매끈함이 풍긴다. 윤동주의 눈빛에 서린 슬픔의 그림자 같은 건 보이지 않는다. 그런데 그의 삶은 꽃처럼 아름답지도 않았고 귀공자처럼 귀함을 받지도 못했다. 그는 방황 속에서 때로는 현실과 싸우며 치열하고 뜨거운 순간들을 살다 전쟁의 와중(정확한 사망 시기는 알 수 없다)에 병사했다. 30대 중반쯤일 때이다. 그는 대체로 현실적 호사나 개인적 욕망에 별 관심이 없었던 것 같다. 이 세상과 사회를 더 이상적인 곳으로 바꾸어야 하고, 바꿀 수 있다고 믿었던 사람이다. 예민한 촉수로 시대를 향한 날 선 비판의 시를 쓰며 이상적인 그 무엇을 위해 고민했다. 그는 신분을 차별하고 여성을 억압한 봉건 이데올로기, 족보와 가부장제를 존숭한 전통 사회의 허상, 식민지 현실, 제국주의,

전쟁, 근대 도시의 비인간성을 비판했다.

내 성은 오씨. 어째서 오가인지 나는 모른다. 가급적으로 알리어 주는 것은 해주로 이사 온 일 청인(一淸人)이 조상이라는 가계보의 검은 먹글씨. 옛날은 대국 숭배를 유심히는 하고 싶어서, 우리 할아버니는 진실 이가였는지 상놈이었는지 알 수도 없다. 똑똑한 사람들은 항상 가계보를 창작하였고 매매하였다. 나는 역사를, 내 성을 믿지 않아도 좋다. 해변가로 밀려온 소라 속처럼 나도 껍데기가 무척은 무거웁고나. 수통하고나. 이기적인, 너무나 이기적인 애욕을 잊을라면은 나는 성씨보가 필요치 않다. 성씨보와 같은 관습이 필요치 않다.

—「성씨보(姓氏譜)」 전문

1939년 두 번째 시집 『헌사』를 내고 난 뒤 '문단의 새로운 왕'이라는 칭호를 얻었지만 글 속의 오장환은 대체로 쓸쓸했다. 해방 전 민족의 암흑기에는 글을 쓸 수 없었고, 해방 후에는 열렬히 현장 문학에 매진했으나 곧 극우의 테러를 피해 북한으로 가야 했다. 병든 몸을 치료해 준 북한

정권은 그에게 축복이었고, 치료차 갔던 러시아에서 사회주의에 열광했지만 곧이어 닥친 6·25 전쟁은 그의 몸을 추스르기엔 너무 혼란한 격류였다. 그가 죽고 40년 가까운 세월이 지나서야 남한에서는 그에 대한 금기를 풀었고, 이후 다양한 연구와 기념사업이 진행되고 있다. 하지만 북한에서는 그의 문학을 별로 취급하지 않고 있으며, 이름 석 자 거론하는 정도라고 한다.

오장환은 낯선 이름이다. 문학계에서는 그렇지 않을지 몰라도 문학관을 찾는 이들에게조차 그리 익숙한 이름이 아니다. 최근에는 그의 시가 대학 수학 능력 시험에도 출제되고 있긴 하지만 그동안 내가 거쳐 온 중·고등학교 과정에서는 말할 것도 없고 대학에서도 좀처럼 만나기 어려운 이름이었다. 문학사를 기술할 때에도 오장환은 그렇게 비중 있게 다루어지지 않았고, 그러다 보니 '오○환'이라는 등의 금지 문인 이름조차 많이 오르내리지 않았다. 해방 후 1947년 중학교『국어』교과서에 그의 시「석탑의 노래」가 실렸지만, 그것이 대중의 기억에 남아 전해지기는 쉽지 않은 일이었다.

그 낯선 이름이 나의 인식 속에 구체적으로 다가온 것

은 1996년 오장환 문학제가 시작되면서부터다. 문학제가 열리고, 생가가 세워지고, 문학관이 건립되는 과정에 틈틈이 소식을 듣고 참여했다. 오장환을 시인의 길로 이끈 스승이자 옆 동네 선배였던 정지용의 경우, 1988년 납월북 작가에 대한 금기가 풀림과 동시에 바로 문학제가 열리고 뒤이어 시비가 세워지는 등 활발한 기념사업이 전개된 것과는 다른 양상이었다. 해금된 지 8년이 지나서야 문학제가 시작된 것도 그렇고, 2006년에야 문학관이 개관한 것만 보아도 문단 안팎에서 오장환에게 보낸 관심이 그리 높지 않았음을 알 수 있다. 그와 같이 활동했던 서정주, 이상, 이육사 등에 비하면 무명이나 다름없는 신세였다. 당대에 '문단의 새로운 왕'이라는 칭호를 얻을 정도로 주목할 만한 문학적 성취를 보여 주었는데도 말이다. 이유가 무엇일까. 우선은 해방 공간에서 북한을 선택한 '월북 작가'라는 것, 말하자면 논란의 여지 없이 확고한 '빨갱이'였다는 것이 가장 큰 이유가 될 듯싶다. 그리고 인기 있는 작품이 없었다는 것, 즉 오장환 문학이 이룩한 성취가 특별한 것이긴 하지만 대중에게 강한 인상을 준 작품이 없었다는 것이 또 하나의 이유가 될 수 있겠다.

:

6·25 전쟁 이후 오장환의 이름이 남한의 언론에 등장한 것은 1982년 '오송회 사건' 때였다. 불길한 이름은 계속 불길한 이름으로 남한 사회에 각인되었다. 근대의 시작 이후부터 21세기인 지금까지도 '빨갱이'는 불길한 단어이다. 그 단어는 조선 시대의 '반역자'를 현대어로 번역한 것인지도 모른다. 낙인과도 같은 이 단어는 지금도 '종북'이나 '포퓰리즘'이라는 명찰로 바꿔 달고 계속 우리 사회를

들쑤시고 있다.

아기의 입놀림을 “옴줄옴줄”(「애기 꿈」)이라고 원고지에 펜을 꼭꼭 눌러 썼던 손, 시집 간 누나를 그리며 “살구도 따먹지 않고 한나절 그리워”(「편지」)하던 서정을 우리는 영원히 곁에 두기 어려운 것일까. 저 섬세하고 여린 감수성의 문장이 정말 체제에 불온한 것일까. 정치권력은 늘 어느 한편에 ‘불온’이나 ‘가상의 적’을 만들어 놓고 싶은 모양이다. 까발려져도 체제에 별 영향도 없는 것을 ‘불온’으로 과대 포장하고, 실제보다 훨씬 크게 부풀려진 ‘가상의 적’을 수시로 꺼내 들면서 공포 분위기를 만들어 내야 체제를 유지할 수 있나 보다.

동시, 산문시, 자유시 등 작품마다 내용과 형식을 조금씩 달리하긴 했지만, 오장환은 일관되게 ‘인간을 위한 문학’을 우선시했다. 그는 ‘참다운 인간’의 시선으로 시대와 사회를 보려 했다.

> 공장 속에선 무작정하고 연기를 품고 무작정하고 생산을 한다.
>
> 끼익 끼익 기름 마른 피대가 외마디 소리로 떠들 제

직공들은 키가 줄었다.

어제도 오늘도 동무는 죽어 나갔다.

켜로 날리는 먼지처럼 먼지처럼

산등거리 파고 오르는 토막(土幕)들

썩은 새에 굼벵이 떨어지는 추녀들

이런 집에서 먼 촌 일가로 부쳐 온 공녀(工女)들이 폐를 앓고

세멘의 쓰레기통 룸펜의 우거(寓居)— 다리 밑 거적때기

노동 숙박소

행려병자 무주시(無主屍)— 깡통

수부는 등줄기가 피가 나도록 긁는다.

—「수부(首府)」 부분

'수부'는 '서울'을 말한다. 일제 강점기 1930년대 후반 서울은 공장이 늘어나고 인구가 급격히 불고 있었다. 오장환은 어둡고 풍자적인 어조로 도시로 몰려든 농촌 이탈민들의 비참한 삶과 도시의 암울한 풍경을 그렸다. 이 시를 쓸 때 그의 나이 열아홉. 천재라는 말이 어색하지 않다. 그 나이에 장시 「전쟁」에서 전쟁을 묘사한 내용도 예사롭지

않다. 인간의 목숨과 주사제가 동격으로 취급되는 비정한 모습을 그렇게 절묘하게 그려 내다니! 그가 읽은 시대와 인간 세상은 스무 살도 되기 전에 이미 아수라였던가.

오장환은 유토피아를 꿈꾸었다. 기존 전통 사회의 현장인 고향은 모순이 가득 찬 곳이지만 그 모순의 질곡을 지고 살아가는 어머니는 늘 희생과 온화의 얼굴로 오장환을 감쌌다. 그래서 그가 해방 공간에 펼친 열렬한 인민 문학 운동과 이상 사회를 향한 열정적인 활동은 전통 사회에서 경험한 따뜻함, 곧 어머니로 표현되는 희생하고 헌신했던 사람들에게 올린 헌사였다.

:

오장환은 자신과 자신의 시가 어떤 운명을 걷게 될지 예측했을까. 해방 후 오장환은 해방 전에 쓰던 시의 분위기에서 벗어나 열정적으로 현실주의 문학에 매진한다. 새 나라 건설에 대한 강렬한 욕구가 해방의 자유로운 공간 속에서 터져 나온 것으로 보인다. 식민지 굴레에서 벗어난 이 땅에서 유교 이데올로기를 걷어 낸다면 그곳에 전쟁도 없고 신분 차별도 없고 노동의 소외도 없는 행복한 낙원을 건설할 수 있다는 희망에 전율했던 것 같다. 그러나 해방 공간에서 그의 열정적인 활동은 극우의 테러를 당하고, 결국 오장환은 북한으로 가게 된다.

북한으로 가면서 남한에 대한 기대를 접었을 테니 그는 적어도 시집 『붉은 기』를 낼 때까지는 제 죽음과 함께 자신의 시가 북한 문학사에서 그렇게 말끔히 지워지리라고는 생각지 못했을 것이다. 아이러니하게도 자신이 버리고 떠난 남한에서 기념사업이 진행되는 것을 본다면 어떤 표정을 지을까. 그를 받아들일 만큼 '인민' 중심의 나라를 만들어 가던 북한은 임화를 비롯한 월북 문인들을 숙청하고 그들의 작품조차 지워 버렸다. 반면에 '자본' 중심의 나라를 만들어 가던 남한은 이제 오장환의 '인민' 정도는 품어 줄 수 있는 여유가 생긴 것이다.

2018년은 오장환 탄생 100주년이 되는 해이다. 그의 빛나는 감수성은 지금 어디 있는가.

13

실개천이 흐르는 옆 정지용의 집

옛이야기 지줄대는 실개천이 휘돌아 나가고
정지용 詩
鄕

가을이다. 정지용의 가을은 그의 동시 「홍시」 속에서 감나무에 앉은 까마귀를 쫓으며 '옵바'를 생각하는 소녀의 모습처럼 순수하고 재미있던 시간이었을까. 감나무에 감이 매달리는 풍성한 계절에 정지용 문학관 이야기를 쓴다.

정지용은 이 책의 출발점이 된 시인이다. 옥천에 살면서 외부에서 찾아오는 지인들에게 정지용 생가와 문학관을 안내하다가 해설서 『선생님과 함께 읽는 정지용』을 냈다. 정지용의 모교 죽향 초등학교에 시비를 세울 때 붓글씨를 썼고, 생가가 복원된 후 음악회를 열기도 했다. 문학관이 개관한 뒤에는 문학 강좌를 열어 안도현, 도종환, 김진경 시인 등을 초청해 강연을 들었다. 대략 스무 곳의 문학관을 돌아다니고 나서 다시 정지용 문학관을 찾았다. 집에서 3킬로미터쯤 되는 거리에 생가와 문학관이 있으니 다시 찾는다는 말이 어색하다. 이들은 내가 사는 마을의 일부로 늘 곁에 있는 곳이다.

내가 정지용 생가를 처음 찾은 것은 납월북 문인에 대한 해금 조치가 내려진 1988년 전후였던 것으로 기억한다. 옥천에서 어린 시절을 보냈지만 전혀 이름을 들어 본 적 없이 대학에 가서야 '정○용'이라는 이름의 금기 문인으로 만났다. 그가 옥천 사람이라는 것을 알게 된 건 국어 교사 모임을 통해서였다. 당시 충북 국어 교사 모임은 도종환, 김시천 시인 등이 주축이 되어 활동하고 있었는데 그 모임의 일원으로 문학 답사를 갔던 곳이 정지용 생가였다. 그때는 시멘트 벽에 슬레이트 지붕의 허름한 건물이었다. 지금의 집은 옛 초가 형태를 복원해 놓은 것이지만 대부분의 시인 생가들과 비슷한 '재개발형 초가집'이고, 위치도 바뀌었다. 초가의 가장 흔한 형태인 ㄱ자 구성을 하지 않고 안채와 헛간을 11자로 나란히 놓았다. 흙을 사용하고 이엉을 얹기는 했지만 굵은 사각형의 가공 목재로 기둥을 세우고 공간의 크기는 현대인의 몸에 맞추었다.

문학관이 세워진 시인들 중 대다수는 농촌 출생으로 초가에서 살았다. 흙과 나무로 지어진 집이 온전히 보존되기는 어려운 조건이었으니 새로 지을 수밖에 없다. 그러나 크기든 형태든 최대한 옛 모습 그대로 복원하는 게 좋지 않았을까 하는 생각을 지울 수 없다. 그래야 하지 않겠는가. 우리가 문학관과 생가에 가는 것은 한 인간의 발길이 머물던 곳, 그가 만졌던 문고리와 그가 신었던 신발과 그가 앉았던 마루와 거기서 바라보았을 주변 풍경을 위해서가 아니던가.

:

전국의 문학관을 돌아다니며 새삼 알게 된 것은 정지용의 위상이었다. 문학관의 주인인 시인들 대부분이 정지용과 직접적인 인연이 있었다. 이들 중에서 나이로 보자면 정지용은 앞 세대에 속한다. 홍사용이 1900년생, 김영랑과 이은상이 1903년생, 이육사가 1904년생인데 정지용

은 김소월과 동갑인 1902년생이다. 먼저 홍사용과 박종화는 정지용이 3·1 운동 당시 학내 시위를 주동하다가 무기정학을 당했을 때 구명 운동을 했던 선배들이다. 김영랑과 박용철과는 휘문 고등 보통학교 동문이자 시 문학파 동인으로, 휘문 고보 재직 시 만난 오장환과는 사제지간으로 얽혀 있고, 서정주와는 그의 첫 시집 『화사집』 제목을 써

준 인연으로 이어져 있다. 또한 정지용은 해방 후 처음으로 윤동주를 세상에 알렸고 그의 유고 시집 『하늘과 바람과 별과 시』의 서문을 썼다. 윤동주가 생전에 가장 좋아한 시인이 정지용이었다. 『문장』지 추천 위원으로 있을 때에는 박두진, 조지훈, 박목월을 등단시켰다. 그리고 『가톨릭청년』의 편집 고문으로 있으면서 이상의 시를 세상에 알렸다. 그냥 스쳐 간 인연들이 아니라 모두 정지용을 아끼거나 흠모했거나 정지용의 문학적 그늘에서 자라난 사람들이었다. 어쩌면 한국의 시인 문학관 전체가 정지용 네트워크에 닿아 있다고 해도 과언이 아닐 듯싶다.

:

교직에 있는 동안 제7차 교육과정(1997년 고시)의 『국어』와 『문학』 교과서에 실린 문학 작품을 조사한 적이 있었다. 당시 중학교 『국어』 교과서에 정지용의 「향수」(3학년)와 「호수」(1학년)가 실렸고, 고등학교 『국어』 교과서에는 「유리창」이 포함되어 있었다. 고등학교 선택 교과 『문학』 교과서에는 총 18종 가운데 7종 이상이 정지용의 시를 싣고 있었다. 제7차 교육과정을 배운 사람들은 모두 정지용의 시를 최소한 세 편 이상 배운 셈이다. 교과서의 위력이다. 그 이후의 교과서를 모두 검토한 건 아니지만 내가 가르친 교과서에는 항상 정지용의 시가 실려 있었다. 강원도 인제군의 시집 박물관에는 2008년 KBS가 시민 1만여 명을 대상으로 '국민 애송시'를 조사한 결과가 제시되어 있는데, 정지용의 「향수」가 8위에 올라 있다. 해금 작가로는 유일하게 포함되었다.

정지용의 힘은 그가 해금되면서 벌어진 일들만 보아도 알 수 있다. 1988년 납월북 작가 해금 조치 이후 가장 먼저 추모 모임(지용회)이 만들어지고 정지용 문학상 제정과 「향수」 시비 제막(1989년), 흉상 건립(1990년), 생가 복원(1996년) 등이 진행되었다. 이후 문학관 건립(2005년)은 다른 문학관보다 좀 늦어졌다.

정지용의 힘은 어디에서 왔을까. 물론 그의 작품이다. 그리고 문단에 끼친 강력한 영향이다. 정지용은 일본의 도시샤 대학교에서 영문학을 전공했고, 영국의 화가이자 시인 윌리엄 블레이크에 관한 논문을 썼다. 한국 시의 역사에서 이미지즘 시는 한시(漢詩)에 뿌리를 두고 있다고 하지만, 일본 유학을 통해 서구 문학의 모더니즘 형식과 내용을 정통으로 배우고 현대 문학의 맹주가 된 사람이 정지용이다. 그는 우리말을 잘 가지고 놀았다. 물론 그의 시들 가운데 일본어로 작성된 후 한글로 변환된 것이 있기는 하지만 그는 어디까지나 한국어가 모어(母語)인 시인이었다. 문장의 새로움에도 힘을 들였지만 자신만의 독특한 느낌을 가진 시어를 사용했으며, 아예 새로운 단어를 만들기도 했다. 1920년대 한국 시의 감성과는 다른 방향, 감정을 절제한 주지적 시의 방향을 제시했다. 술을 좋아하고 사람들과 어울리길 즐긴 품성은 문단 조직에서 중요한 몫을 했을 것이다. 그의 별명 가운데 하나가 술 이름 '정종'(그의 이름을 축약한 듯한 발음)이었다거나 체구가 작아 '닷또상'(일본제 소형차)이라고 불렸다는 것에서 알 수 있듯이 그에게는 소탈함과 기인의 기질이 있었던 것 같다.

그러나 오늘날 정지용의 이름이 아무리 화려하게 사람들의 입에 오르내리고 대중적 사랑을 받는다 해도 그는 가여운 시인이다. 시인으로서 자신의 문학적 역량을 다 펼치지 못하고 죽었기 때문이다. 우리를 가슴 아프게 하는 시인이라면 윤동주가 가장 먼저 떠오르고 그 뒤로 이육사가 있지만 그들은 그래도 정지용처럼 38년 동안이나 금기의 대상이 되지는 않았다. 정지용은 1930년대 문단을 이끌며 뛰어난 작품을 발표하는 등 찬란했던 시절이 없었던 것은 아니나 곧이어 닥친 일제 말 암흑기에 펜을 꺾어야 했고, 해방 공간에서 자유로운 글을 썼지만 이념의 갈등 속에서

또다시 은둔에 들어가 붓글씨로 소일하다 전쟁 중에 자신의 의지와는 별 상관 없는 길에서 비행기의 폭격으로 죽었다. 전쟁 후 그는 어디에서도 기억되지 못했다. 남한에서는 금기의 시인이었으며, 그의 가족들은 사회적 소외 속에서 풍비박산의 시절을 견뎌야 했다. 지금까지 그 상처에 대한 국가 차원의 보상이나 위로는 없었다. 해마다 추모행사를 벌이지만 정작 그 본인과 가족에게는 아무런 공식적 보상이 없다는 얘기다. '역사'라는 이름으로 덮어 버리거나 개인의 '운명'이라고 접어 두어야 하는 것일까.

우리가 그의 시를 아끼고 기억하는 것이 곧 그의 비극적 삶에 대한 어떤 보상이라도 되는 것일까. 어쨌든 우리는 그의 언어를 입속에 흥얼거리며 살고 있다. 어떤 경로를 통해서든 한 번쯤 그의 시를 보았고, 추석이 가까워 오거나 고향에 관한 어떤 이야기를 할 때 방송에서는 종종 이동원과 박인수의 목소리로 「향수」를 전해 준다. 시인은 가고 없지만 그의 언어는 이렇게 살아남아 우리 곁에 있다. 우여곡절을 겪은 작품인 「고향」도 여전히 잔잔한 선율에 실려 울려 퍼지곤 한다.

고향에 고향에 돌아와도
그리던 고향은 아니러뇨.

산꽁이 알을 품고
뻐꾸기 제철에 울건만,

마음은 제 고향 지니지 않고
머언 항구로 떠도는 구름.

오늘도 메끝에 홀로 오르니
흰 점 꽃이 인정스레 웃고,

어린 시절에 불던 풀피리 소리 아니 나고
메마른 입술에 쓰디쓰다.

고향에 고향에 돌아와도
그리던 하늘만이 높푸르고나.

—「고향」 전문

이 시는 처음 발표된 이후 바로 채동선 작곡의 가곡으로 만들어져 대중에게 알려졌다. 그러나 6·25 전쟁 후 가사가 월북 작가의 글이라는 이유로 금지되자 박화목의 「망향」으로 가사를 대신하다가 다시 이은상의 「그리워」로 바뀌었다. 그러다가 해금과 함께 원래의 가사를 되찾게 되었다. 이 시 한 편의 운명으로만 보아도 정지용의 삶은 파란의 연속이다.

:

정지용 생가와 문학관, 옥천 군청에서 가까운 곳에 있는 향수 공원, 교동 저수지 주변에 생긴 지용 문학 공원, 옥천 문화원 옆 지용 동산 등, 정지용을 기억하는 곳 가운데 내가 가장 자주 가는 곳은 장계 국민 관광지 내의 호숫가 길이다. 이 사업을 총괄했던 공간 디자이너 이상환이 붙인 이름은 정지용의 시에서 따온 '일곱 걸음 산책로'이다. 적절한 한적함 속에 산과 호수의 어울림이 조화롭다. 봄에는 꽃, 여름에는 물결, 가을에는 감나무와 감, 겨울에는 얼음판 위의 찬 바람이 계절마다 운치를 더한다. 기존의 놀이 시설을 철거하고 나서 개발하지 않은 채로 약간 방치해 둔 것이 차라리 나는 좋다. 여름에는 호숫가의 습기가 보도블록 위에 옅은 이끼를 만들어 내는데 그 음습한 풍치도 호젓한 산책의 맛을 더한다. 사람들이 너무 많이 몰리는 번잡함도 없고 그렇다고 아예 사람이 없어 쓸쓸함만 가득한 곳도 아니다. 1킬로미터가 조금 넘는 산책길로 풍광이 좋기로는 그만한 곳이 없다.

호숫가를 따라서 역대 정지용 문학상 수상 작품을 새긴 시비들이 세워졌다. 제1회 수상작 박두진의 「서한체」를 비롯하여 제20회 수상작 김초혜의 「마음 화상」까지 제각각 다른 모양의 시비를 설치했다. 최근에 몇몇 낡은 설치물이 제거되면서 그 자리가 허전해졌다. 오면가면 읽어 보던 시들이 사라지자 풍경이 왠지 스산해졌다. 새로 설치한 구조물들은 이전 것들과 조화를 이루지 못하고 좀 생뚱맞다. 이 공간을 디자인했던 이상환의 조형력이 탁월했음을 다시 실감한다.

정지용 이야기를 할 때면 반 농담으로 하는 말이 있다. 내 취향에는 옆 동네 오장환이 정지용보다 더 좋다는 것. 정지용의 시는 고향 관련 시와 동시 등 몇 편을 제외하면 그다지 재미있거나 쉽고 편안한 시는 아니다. 언어를 조합

하려고 너무 애쓴 것 같기도 하다. '하잔히(잔잔하고 한가롭게), 이내(저녁 무렵의 푸르스름하고 흐린 기운), 새포롬(푸른 기운), 숫도림(매우 외진 곳)' 등의 단어가 쓰인 「옥류동」 같은 시를 쉽게 읽어 내거나 사전의 도움 없이 이해할 수 있는 사람은 드물 것이다. 이 시는 우리말 사전조차 출간되지 않았던 1937년에 발표되었다. 도대체 정지용은 어떤 독자를 염두에 두고 시를 썼던 것일까. "언어 구성에 백련(百鍊)하지 못하고서 '시인'을 허여하기에는 곤란"하다고

했는데 '백 번을 단련한다'는 것이 정지용답다. 그는 정말 언어를 단련하기 위해서 태어난 시인인 것 같다. 언어의 제련사답게 숨어 있는 우리말을 열심히 찾아내고 자신만의 단어를 만들어 쓰기도 했다. 반면에 종교적인 시를 쓸 때는 언어적 기교를 별로 부리려 한 것 같지 않다. 종교의 윤리적 무게가 기교를 통제한 셈이라고 할까. 「바다 1」 같은 시에서는 이미지스트 시인으로서의 역량을 십분 발휘한다.

> 오·오·오·오·오 소리치며 달려가니,
> 오·오·오·오·오 연달아서 몰아온다.
>
> 간밤에 잠 살포시
> 머언 뇌성이 울더니,
>
> 오늘 아침 바다는
> 포도빛으로 부풀어졌다.
>
> 철썩, 처얼썩, 철썩, 처얼썩, 철썩

제비 날아들듯 물결 사이사이로 춤을 추어.

—「바다 1」 전문

여기서 '오·오·오·오·오'는 글자의 모양 자체가 파도가 밀려오는 모습과 닮았고, '철썩, 처얼썩, 철썩, 처얼썩, 철썩'은 밀려온 파도가 부서지는 모양을 닮았다. 물살이 부서지는 모양의 'ㅊ, ㄹ, ㅆ'이 겹쳐지면서 시각과 청각이 어우러진다.

•
•

해방 후 정지용은 일제 강점기에 항일하지 못한 것을 자책하는 글을 쓴다. "친일도 배일도 못한 나는 산수에 숨지 못하고 들에서 호미도 잡지 못하였다."라고 했다. 항일은 못 했지만 적어도 그는 친일의 오점은 남기지 않았고, 일제 말기 절필로 자신을 지켰다. 저항 시인이라고 할 수는 없지만 민족 시인이라 이름 붙여도 손색없다.

정지용은 해방 공간에서 김구 노선을 지지했던 것으로 보인다. 신문 기자들에게 '백범 옹께 최경어를 쓰라'고 했고 본인 스스로 '대백범(大白凡) 옹'이라 했다. "한민당은 일제 부역자들의 단체 같아 더러워서 싫고 빨갱이는 폭력을 일상화하는 것 같아 무서워서 싫다."라고 한 발언에서는 민족주의적 사상이 비치기도 한다. 친일파를 숙청해야 한다는 생각도 분명했다. 그 배경에는 당시 해방 공간의 자유로운 언어 상황이 있었다. 해방 직후의 아주 짧은 시간이야말로 진정한 '자유의 공간'이었다고 말하는 사람도 있다. '인민'이라는 말이 '불온'하지 않은 공간이었다.

정지용 문학관은 규모는 비록 다른 문학관들에 비해 작지만 내용은 아주 짜임새 있고 아기자기한 재미를 주는 공간 구성이다. 하지만 오장환 문학관처럼 유품이 없다. 월북자를 둔 가족들의 신산한 삶을 되새겨 보게 하는 대목이다. 본인이 자신의 소유물도 온전히 관리하기 어려웠던 시대였고, 가족들 또한 오랜 세월 안정된 생활을 할 수 없었던 시절이었다. 그가 북한으로 가면서 몇 개의 소지품을 가지고 있었다 한들 모두 폭격의 잔해가 되어 버렸을 것이다. 어쨌든 전쟁 후 정지용은 월북인지 납북인지 확인할 수 없는 채 금지된 시인이었다.

일제 말, 일본어와 일본 문자가 생활 속에 정착해 버린 시기, 모어 즉 한국어로 시를 쓴다는 것 자체가 심각한 행

위일 수 있다. 은둔에 들어갔던 그 시기, 정지용의 심정은 어떠했을까. 영원히 우리말 우리글을 쓸 수 없다고 생각했을까. 언젠가는 해방이 된다고 생각했을까. 알 수 없다. 해방 후 다시 은둔에 들어갔을 때에는 또 어땠을까. 어지럽다. 이런 상상을 하는 것조차 우울하다. 6·25 전쟁이 일어나기 직전에 쓴 그의 마지막 시는 도대체 무엇을 예감한 것일까.

내가 인제

나비같이

죽겠기로

나비같이

날라왔다

검정 비단

네 옷 가에

앉았다가

창(窓) 훤하니

날라간다

—「나비」 전문

14

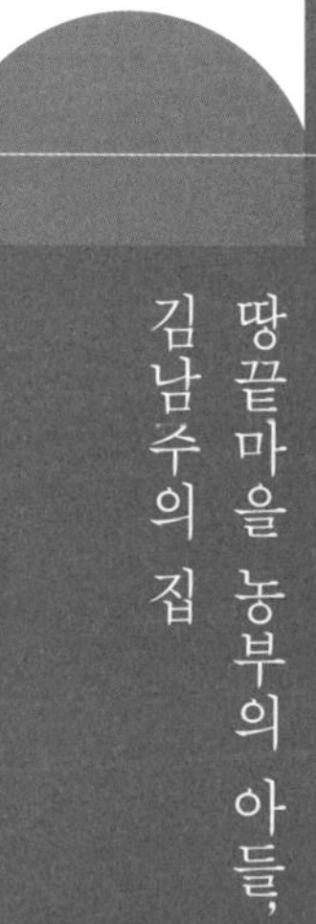

땅끝마을 농부의 아들, 김남주의 집

바람에 지는 풀잎으로
오월을 노래하지 말아라
오월은 바람처럼 그렇게
오월은 풀잎처럼 그렇게
서정적으로 오지는 않았다

김남주 詩
바람에 지는 풀잎으로 오월을
노래하지 말아라

김남주의 흉상 앞에 섰다. 추적추적 비가 내리는 가을 오후. 거친 맛을 강조한 조각상이 지금 비에 젖어 처절하게 울부짖고 있다. 김남주, 그의 삶이 투쟁의 빗물에 젖은 삶이었다고 말하는 듯하다. 광대뼈를 강조한 깡마른 모습은 스스로 '시인이 아니라 전사'라고 불리길 원했던 사람의 격렬함을 드러내 보인다. 조각상의 시선은 하늘을 향하고 있다. 각도가 낮지도 높지도 않다. 아마 고개를 더 젖혔으면 애처로웠을 듯한데, 확고한 신념으로 목표를 향해 치

닫는 사람의 형상이다. 또 다른 그의 흉상이 광주 중외 공원 광주 비엔날레 전시관 옆에 있다. 그곳의 조각상은 여러모로 생가에 있는 조각상과 다르다. 우선 몸의 자세부터 어디에 기댄 듯 오른쪽으로 비스듬하다. 무슨 소리라도 들으려는 듯 오른손을 귀밑에 대고 고요하고 편안한 표정이다. 살이 약간 오른 얼굴에 옅은 웃음을 머금은 입가, 얼굴 피부는 조각도의 흔적을 없애고 부드럽게 처리했다. 눈빛 또한 따뜻하게 지상을 향하고 있어 그를 찾아온 사람의 눈과 마주하겠다는 각도다. 생가의 조각상은 안경조차 뿔테의 굵은 선을 한껏 강조하고 피부에서 떼어 놓아 자칫 건들면 떨어질 것처럼 아슬아슬하다. 반면에 공원의 조각상은 안경을 피부에 닿게 안정시켜 놓았다.

몸을 부려 사는 노동자와 농민을 너무 사랑해서 그들이 사람답게 사는 세상을 위해 자신을 던진 사람! 1980년대라는 거대한 변화의 시대를 가로질러 달려갔던 불꽃! 어느 것이 김남주의 본질에 가까운 것일까. 중외 공원의 조각상 옆에는 그것과 나란히 세워져 있는 「노래」 시비가 있고, 생가의 조각상 옆에는 「함께 가자 우리 이 길을」 시비가 있다. 시의 내용으로 보자면 공원에 있는 시가 전투적

이다. 전투적인 조각상과 덜 전투적인 시, 전투적인 시와 덜 전투적인 조각상, 두 이미지가 묘하게 교차한다.

:

내가 문학관 기행에서 다룬 시인 가운데 살았을 때 만나 본 유일한 인물이 김남주다. 내가 의욕적으로 쫓아다녔다면 서정주, 박목월, 조병화, 박두진 등은 만날 수 있었을 것이다. 그들은 내가 20대 청년이 된 이후까지 살아 있으면서 왕성하게 활동하고 있었다. 그러나 작가를 직접 만나서 문학적인 무엇을 얻거나 확인할 필요성이 별로 느껴지지 않았다. 이 생각은 지금도 변함이 없다. 문학만 그러하겠는가. 철학자를 한두 시간 만난다고 해서 철학을 배우겠는가. 작가를 만나거나 강연을 듣는 직접적인 관계보다 독서를 통한 만남을 신뢰하는 백면서생의 변명으로 삼기엔 궁색한 말이지만 나는 사람을 만나는 일에 그다지 적극적이지 못하다. 그저 멀리서 그들의 소식을 듣고 시집을 통해 만났기에 대개 시인들의 모습은 내게 정지된 사진의 이미지 정도로만 다가왔을 뿐이다. 그러니 내가 김남주를 생전에 한 번이라도 만난 것은 특별한 경험이라 하겠다. 그것도 네댓 시간을 함께 보내면서 그가 풍기는 인간적 냄새를 맡았기 때문이다. 내가 전교조나 민예총에 관계하지 않았다면 그런 기회도 없었을 것이다. 작가 조직에 가입하여 활동하면서 아쉬움을 느낀 게 하나 있다. 다 그렇다고는 할 수 없지만, 어떤 작가는 직접 만나 본 뒤에는 작품의 맛이 반감된다는 것이다. 그런데 문학관과 생가 기행은 그렇지 않다. 시의 배경은 시를 배반하지 않는 것 같다. 시인이 태어난 집, 시인이 살던 마을, 시인이 보고 거닐었을 들과 산과 골목은 시인의 작품보다 훨씬 더 많은 감흥을 불러일으키며 시의 서정을 확장한다. 풍경은 시인 이전의 것들이라 그런 것일까. 윤동주의 고향 용정 가는 길에 나와 동행했던 문학 평론가 홍용희는 "좋은 시는 여섯 살 이전의 언어로 만들어진 시"라고 말했다. 문학관이 있는 곳은 시인들의 여섯 살 이전의 언어가 가득한 풍경화다. 김남주 생가는 김남주가 태어나 살았을 어린 시절의 모습을 다른 어떤 생가보다 있는 그대로 증언하고 있다. 비록 과거의 초가지붕은 검은 양철 지붕으로 바뀌었지만, 가옥 자체를 새로 지은 것은 아닌 듯했다.

김남주의 아버지가 마련한 집은 그 아버지가 마련했던

집이다. 아버지의 성화에 날이 새기 무섭게 들판으로 일하러 가야 했던 김남주가 중학교에 다닐 때까지 살던 집, 일흔 살이 되어서도 밭에 나가 일을 했던 '애꾸눈 각시'였던 어머니와 함께 살던 집, 대학생 때 유신에 반대하는 지하 신문 『함성』과 『고발』을 제작하여 구속되었다가 풀려난 후 스물아홉의 나이에 돌아와 「진혼가」 등의 시를 지은 집이다. 그리고 서른 살 때 고향을 떠나 광주로 가서 서점 '카프카'를 운영하기 시작하면서 그는 더는 고향에 와 머물지 못했다. 전사로, 시인으로, 번역가로 뜨겁게 살다 폭발하듯 죽었다.

내가 김남주를 만난 것은 1990년 무렵이었다. 당시 민예총 활동가로 일하던 영동 출신의 양문규 시인이 김남주를 영동에 모셔 왔다. 그 무렵 김남주는 종종 영동에 왔었다고 한다. 나까지 셋이서 박운식 시인의 집 황간면 용암리에 들러 저녁을 먹고 용산으로 나왔던 일정이 있었다. 왜, 무슨 일로 갔는지는 알 수 없고 다만 용암리에서 용산으로 나왔던 그 밤길만 내 기억에 선명히 남아 있다. 추억이라고 말하면 좀 궁상스러울까. 김남주의 목소리는 대체로 맑았고, 목 안쪽에서 나는 낭랑한 저음이었다. 우리나라 사람들의 음성은 대체로 목 바깥쪽에서 나는 소리다. 영어는 주로 목 안쪽에서 소리가 나는데 우리말을 그렇게 발음하는 김남주는 좀 특별한 경우다. 나는 그의 음성에서 선동적인 감수성이 묻어 나온다고 느꼈다. 핏대를 올리며 선동하는 게 아니라 그냥 보통 목소리로 말하는데도 무언가 강력한 힘을 가진 듯이 울려왔다.

밤길을 걸으며 나는 당시 유행했던 노래를 불렀다.

함께 가자 우리 이 길을
투쟁 속에 동지 모아
함께 가자 우리 이 길을
동지의 손 맞잡고
가로질러 들판 산이라면
어기여차 넘어 주고
사나운 파도 바다라면
어기여차 건너 주자
해 떨어져 어두운 길을
서로 일으켜 주고
가다 못 가면 쉬었다 가자

아픈 다리 서로 기대며

함께 가자 우리 이 길을

마침내 하나 됨을 위하여

그 무렵 나는 이 노래를 즐겨 부르고 있었다. 전교조 활동으로 한창 교육 운동에 열이 달아 있던 때였다. 그날 가사의 어느 부분인가를 까먹고는 다 부르지 못하고 흐지부지했다. 노랫말은 원시와 다른 부분이 많다. 그런데 김남주의 말이 뜻밖이었다.

"아, 그 시가 노래가 되았는지는 몰랐는데……."

들판을 가로질러 용암리에서 용산으로 가는 밤길이었다. 정작 시인 자신은 그런 노래가 불리고 있었다는 걸 몰랐다는 게 좀 뜻밖이었지만 그것이 무슨 상관이랴. 낮고 맑은 음색의 선뜻한 그의 목소리는 지금도 내 귀에 쟁쟁히 살아 있다. 나중에 김남주의 육성이 담긴 영상을 찾아보니 그 서늘함이 그대로 느껴졌다.

:

김남주를 만난 지 25년이 넘는 시간이 흘러 그의 생가

에 오니 그곳엔 농사꾼 시골집의 모습이 고스란히 담겨 있다. 뒷산을 업고 지어진 안채와 지금은 게스트 하우스로 개조된 길가 쪽의 문간채. 이 생가는 전국 각지에 세워진 시인들의 생가 중에서 가장 젊을 것이다. 김남주가 태어난 것이 '운명처럼' 해방되던 해 1945년이니 그가 살아 있다면 지금 70대 초반이다. (인터넷에서는 김남주의 호적상 생년인 1946년이 더 많이 검색되는 것 같다.) 요즘에는 그 나이가 웬만한 경로당에서는 청년 취급을 받고 있다는데, 그가 살아 있다면 과연 어디서 무엇을 하고 있을까. 안채 현판에 '민족 시인 김남주 생가'와 '함께 가자 우리 이 길을'이라고 쓴 신영복 글씨의 서각 작품이 있다. 안채 왼쪽으로 뒷산을 업고 세워진 김남주 흉상 옆에는 원형 벽이 있다. 거기 철판에 그의 절창 「조국은 하나다」가 새겨져 있다.

"조국은 하나다"
이것이 나의 슬로건이다
꿈속에서가 아니라 이제는 생시에
남모르게 아니라 이제는 공공연하게
"조국은 하나다"
권력의 눈앞에서
양키 점령군의 총구 앞에서
자본가 개들의 이빨 앞에서
"조국은 하나다"
이것이 나의 슬로건이다

나는 이제 쓰리라

사람들이 오가는 모든 길 위에

조국은 하나다라고

오르막길 위에도 내리막길 위에도 쓰리라

사나운 파도의 뱃길 위에도 쓰고

바위로 험한 산길 위에도 쓰리라

밤길 위에도 쓰고 새벽길 위에도 쓰고

끊어진 남과 북의 철길 위에도 쓰리라

조국은 하나다라고

—「조국은 하나다」 부분

8연 86행에 이르는 긴 시다. 녹슬어 가는 철판의 검붉은 색감은 비에 젖어 더욱 비장했다. 흉상 주변에 「함께 가자 우리 이 길을」, 「사랑은」, 「자유」, 「노래」 등의 시비가 있는데 「조국은 하나다」가 주 조형물이다. 다른 시비들은 조형물에 그리 큰 노력을 기울인 것 같지는 않다. 시비의 글씨도 모두 컴퓨터 폰트의 궁체였다. 신영복은 김남주의 시 「함께 가자 우리 이 길을」을 그 특유의 민체로 썼다. 궁체가 불경이나 성경을 쓰기에는 어울리지만, 그것으로 신동엽의 『금강』, 신경림의 「새재」, 박노해의 「노동의 새벽」을 쓴다는 건 유리그릇에 된장을 담는 것과 같다는 생각에 새로운 서체를 만들었다고 한다. 나중에라도 김남주의 시비들을 다시 세우게 된다면 그때는 글씨를 신영복체로 했으면 좋겠다.

「조국은 하나다」는 사람들의 가슴을 때리며 1980년대의 기나긴 어둠에 비수처럼 날아든 시다. 그 시를 처음 읽었을 때의 전율을 지금도 잊을 수 없다. 두려움에 떨며 입조심하고 살아야 한다고 생각한 소시민에게 그 시는 섬찟했다. 내가 자라 온 한국 사회는 그런 사회였다. 동네 어른 한 분이 유신 시절 때 어떤 선거를 '개투표'라고 말했다가 경찰에 불려 다닌 적이 있었다. 그가 '개'가 한자 '개(皆)'였으며 따라서 '모두가 하는 투표'라는 의미였노라고 주장하던 말을 들었던 기억이 있다. 나는 어렴풋이 어떤 모순이 존재한다는 생각과 공포심을 내면화했다. 내가 어렸을 적에 익힌 경찰의 이미지는 '무서움'이었다. 그 공포 언어의 목록에는 '순사'와 '상감'이라는 낱말이 있었다. 나중에 순사는 일제 강점기 용어이며 상감은 산감(山監)이었다는 걸 알았지만, 그 시절 산에 나무하러 갈 때마다 혹시

'상감'한테 들키면 어쩌나 하는 두려움이 있었다. 나는 스물일곱의 나이에 대학에 들어갔다. 그전까지는 겨우 신문이나 보면서 비판적 언어에 가까스로 닿아 있었을 뿐이고 대학에 가서야 비로소 '제국주의'니 '독재 타도'니 하는 언어에 닿을 수 있었다. '미제'니 '노동 해방'이니 하는 말들이 처음 내게 다가왔을 때 역시 섬찟했다. 김남주의 언어는 내 머리에 언어의 혁명을 일으키는 회오리였고 표현의 자유가 무엇인지를 보여 주는 피 튀는 언어였다. 그가 감옥에 있는 동안 세상 밖으로 내던진 시집 『진혼가』, 『나의 칼 나의 피』, 『조국은 하나다』는 독재의 심장에 날아드는 화살과도 같았다. 숨죽이며 그 시를 읽는 나 역시 가슴을 쓸어내리며 소시민의 안위를 걱정해야 했다.

:

김남주의 생가에는 어디에서도 보기 어려운 공간이 하나 마련되어 있는데, 바로 김남주가 감옥에서 지냈던 독방을 재현해 놓은 것이다. 안채 왼쪽 위로 대밭을 등지고 세워진 작은 구조물. "내가 수용되어 있는 사동은 소위 좌익수들이 감금되어 있는 특수 사동으로서 시멘트 복도를 사

이에 두고 문패에 1.06평, 정원 3명이라고" 쓰여 있지만 "방에 딸린 변소(뼁끼통)를 빼면 0.7평 정도밖에 안 되"는 공간, "복도에서 가로 1m, 세로 1.5m 철문을 끌어당기고 들어가면 비좁은 공간이 강요하는 압력 때문에 금방 가슴이 답답해"진다는 공간, "방의 바닥이 세로가 1.5m, 가로가 1m이고 천정은 2m 높이"로 "나같이 체구가 작은 사람도 한 방 가득 차"는 공간, "거기다가 방에 붙어 있는 뼁끼통에서는 지독한 냄새가 코를 찌르던"(『옥중 연서』) 공간이

다. 그가 "내가 지금 걷고 있는 이 길은 / 억압의 사슬에서 민중이 풀려나는 길이고 / 외적의 압박에서 민족이 해방되는 길이고 / 노동자와 농민이 자본의 굴레에서 벗어나는 길이다"(「길」)라고 쓰며 투쟁의 의지를 단련하던 공간이다.

김남주가 유년의 천진함을 보낸 집 옆에 그의 몸과 문학과 사상을 가두었던 감옥의 공간을 나란히 대비시켜 놓은 것은 다른 문학관이나 생가에서는 볼 수 없는 특별함이다. 앞으로 김남주 문학관을 지을 계획이 있는지 모르겠으나 김남주 문학관은 김남주 생가로 충분하지 않을까 싶다. 그의 문학을 더 공부시킬 요량으로 김남주 문학관을 짓고 거기에 그의 삶을 담아낸다는 것은 어찌 보면 아이러니다. 왜냐하면 이 세상은 그가 바라던 세상의 모습과는 너무 먼 거리에 있기 때문이다. 생가와 이 감옥만으로도 김남주 문학관은 모자람이 없어 보인다.

:

돌아갈 시간이 되었다. 김남주는 대나무처럼 청청하게 살다가 낫에 베이듯 스러졌다. 출옥 후 불과 5년이 지났을 무렵인 1994년, 그의 나이는 만으로 마흔아홉이었다. 그의 죽음을 안타까워하는 이가 많았으나 죽음은 선한 자와 악한 자를 가리지 않고 때가 되면 데려간다. 아쉬움을 남기지 않는 죽음이 있을까마는 그의 죽음이 더 기억에 남는 이유는 그의 삶의 선명함과 죽음의 난데없음이 어딘가 닮아 있기 때문이다. 대개의 인간이 누리는 보편적 수명조차 누리지 못했기에 더욱 가슴이 아리고 사무치는 것이다.

그가 죽었다는 소식을 들었을 때 몇 가지 상념이 머릿속을 휘감았다. 문득 떠오른 것은 '아, 김남주는 구질구질한 삶을 이어 가지 않았구나!' 하는 생각이었다. 1994년은 이른바 문민정부 시대였다. 몇몇 운동가와 작가들의 변절이 사람들 입에 오르내리던 시절이었다. 대통령 직선제로 절차적 민주주의가 형식을 갖추어 가고 있었고, 운동권 상당수는 정치권으로 옮겨 갔다. 1986년에서 1987년으로 이르는 혁명적 열기는 대통령 직선제 쟁취로 변곡점을 지났다. 시민 사회는 변혁 운동 세력의 동력이 되어 주지 않았다. 직선제 정도로 만족한 중산층과 대중은 빠르게 일상으로 돌아갔고, 운동 세력은 여전히 사회 변화를 위해 동분서주했지만 전처럼 활기차지는 않았다. 김대중과 김영삼

이 분열하면서 노태우가 대통령이 되자 대중들은 염증과 기피 속에서 정치에 대한 기대를 접었다. 되는 것도 없고 안 되는 것도 없는 시절이었다. 게다가 김영삼이 노태우와 야합의 손을 잡고 3당 합당을 하면서 민주주의는 급기야 기득권 세력의 장난감 정도로 추락하고 있었다.

김남주가 죽은 때는 김영삼 정부가 들어선 다음 해였다. 문민정부라 이름 붙여진 그 시절 타도해야 할 독재는 사라졌지만, 일상에서 독재의 잔재들은 아무것도 죽지 않았으며 달라진 것 또한 아무것도 없었다. 가시적이거나 폭력적인 탄압이 뒤로 숨어들어 갔을 뿐이었다. 다만 결연한 의지로 목숨을 건 자만이 투쟁하던 시절에서 나처럼 겁 많은 소시민도 마구 정부를 비판하고, 심지어 코미디 프로그램에서 대통령을 풍자해도 되는 그야말로 코믹한 시대가 된 것이다. 정치가 가벼워진 것은 반가운 일이었으나 군부가 중심이 되던 지배 권력은 이제 자본과 결탁하여 더 교묘한 방법으로 저항을 통제하고 길들였다. 김남주가 적개심을 불태우던 '미제'는 여전히 강고했으나 대중들의 증오는 서서히 사그라들었다.

문학도 투쟁의 전선에서 서서히 퇴진해 갔다. 그것은

시의 시대가 가을 산의 낙엽처럼 스러져 가는 모습과도 같았다. 작가들은 다시 파편화한 개인으로 돌아가거나 난해한 언어의 골방에서 길을 잃거나 길을 찾을 생각을 아예 버렸다. '옛날에 혁명을 꿈꾸던 사람들이……' 하는 후일담이나 나누고 있었다. 이러한 일상의 소소함이 혁명가에게는 너무나도 지루한 나날이 아니었을까.

혁명은 패배로 끝나고 조직도 파괴되고
나는 지금 이렇게 살아 있다 부끄럽다
제대로 싸우지도 못하고 징역만 잔뜩 살았으니
이것이 나의 불만이다
그러나 아무튼 나는 싸웠다! 잘 싸웠거나 못 싸웠거나
승리 아니면 죽음!
양자택일만이 허용되는 해방 투쟁의 최전선에서
자유의 적과 싸웠다 압제와
노동의 적과 싸웠다 자본과
펜을 들고 싸웠다 칼을 들고 싸웠다
무기가 될 수 있는 모든 것을 들고 나는 싸웠다

—「혁명은 패배로 끝나고」 부분

민족 해방, 노동 해방, 미제 타도 등 거대 담론을 삶의 중심에 놓고 살던 사람이 긴 영어(囹圄)의 세월에서 풀려나 일상으로 돌아왔을 때, 의식주를 해결하기 위해 하는 일상의 사사로운 일들이 그를 부끄럽게 만들었을 거라는 생각은 물론 나의 소시민적 감상이다.

돌아오는 길, 노래가 된 그의 시를 떠올려 본다. 햇살은 없고 가을비가 심하게 차창을 때린다. 감옥 창살에 비치던 다람쥐 꼬리만 한 햇살로도 가슴 따스해지던 순간이 있었던 사람, 김남주. 안치환의 절절한 목소리에 실린 노래를 가끔 따라 부르며 시인의 목을 휘감던 햇살을 더듬어 보곤 한다.

자료 출처

1. 인용 작품 출처

김남주, 「함께 가자 우리 이 길을」, 「조국은 하나다」, 「혁명은 패배로 끝나고」, 『김남주 시 전집』, 창비, 2014

김수영, 「죄와 벌」, 「거대한 뿌리」, 「풀」, 『김수영 전집 1』, 민음사, 2018

박두진, 「불사조의 노래」, 「봄에의 격」, 『예레미야의 노래』, 창비, 2009

박두진, 「우리는 우중의 나라인가」, 『새벽』 제7권 제5호, 새벽사, 1960

박두진, 「수석 회의록」, 「자화상」, 『박두진 전집』, 범조사, 1984

박인환, 「목마와 숙녀」, 「인도네시아 인민에게 주는 시」, 『박인환 전집』, 실천 문학사, 2008

서정주, 「선운사 동구」, 『미당 서정주 전집』, 은행나무, 2017

신동엽, 「껍데기는 가라」, 「금강」, 『신동엽 시 전집』, 창비, 2013

신석정, 「그 먼 나라를 알으십니까」, 「꽃 덤불」, 『그 먼 나라를 알으십니까』, 창비, 2009

윤동주, 「서시」, 「병원」, 『정본 윤동주 전집』, 문학과 지성사, 2007

이육사, 「광야」, 「절정」, 『강철로 된 무지개』, 창비, 2017

오장환, 「성씨보」, 「수부」, 『오장환 전집』, 창비, 1989

유치환, 「그리움」, 「바위」, 『청마 유치환 전집』, 국학 자료원, 2008

정지용, 「고향」, 「바다 1」, 『정지용 시 126편 다시 읽기』, 민음사, 2007

정지용, 「나비」, 『아무러치도 않고 여쁠 것도 없는』, 고래실, 2018

조병화, 「목련화」, 「하루만의 위안」, 「해마다 봄이 되면」, 『조병화 시 전집』, 국학 자료원, 2013

2. 사진 출처

47쪽-창비 제공

274쪽-광주 광역시청 제공

286쪽-해남 군청 제공

※이 출처 외의 사진은 저자가 촬영한 것입니다.

시로 만든 집 14채

초판 1쇄 발행 • 2018년 9월 30일

지은이 • 김성장
펴낸이 • 강일우
책임편집 • 이승우
펴낸곳 • (주)창비교육
등록 • 2014년 6월 20일 제2014-000183호
주소 • 04004 서울특별시 마포구 월드컵로12길 7
전화 • 1833-7247
팩스 • 영업 070-4838-4938 / 편집 02-6949-0953
홈페이지 • www.changbiedu.com
전자우편 • textbook@changbi.com

ISBN 979-11-89228-01-9 03810

* 책값은 뒤표지에 표시되어 있습니다.